La Fantaisie

Du même auteur

Chez Julliard

Le Lendemain, Gabrielle, roman, 2007
Un refrain sur les murs, roman, 2011
N'oublie pas les oiseaux, roman, 2014
Les Indociles, roman, 2016
Changer le sens des rivières, roman, 2019

Chez Mialet-Barrault Éditeurs

Géantes, roman, 2021

Chez d'autres éditeurs

Pierre et Papillon, L'Avant-scène théâtre, « Collection des quatre-vents », 2004
Traits d'union, L'Avant-scène théâtre, n° 1169, 2004
L'Éveil du chameau, Dacres éditions, collection « Les Quinquets de Dacres », 2016

Murielle Magellan

La Fantaisie

roman

Mialet-Barrault Éditeurs
3, place de l'Odéon
75006 Paris

www.mialetbarrault.fr

ISBN : 978-2-0802-9277-3

À mes chers amis d'enfance
et de jeunesse, toujours là.

Rien ne dure et pourtant rien ne passe. Et rien ne passe parce que justement, rien ne dure.

Philip Roth

On ment plus qu'il ne faut par manque de fantaisie : la vérité aussi s'invente.

Antonio Machado

Imaginons.

Imaginons Mona.

Elle va mieux. Pas encore bien, mais mieux. Elle le sait. Le pire est derrière elle. Deux ans d'une dégringolade pathétique, dont elle ne parvient pas encore à sourire.

Crise d'appendicite avec complications douloureuses, suivie d'un licenciement abusif par un jeune patron athlétique à mâchoire américaine ; bagarre juridique victorieuse mais épuisante, puis oisiveté brutale, voilà comment tout avait débuté. Mona, au front de taureau, avait tenté de tenir. Elle avait raccourci ses longs cheveux châtains pour adopter un look plus dynamique, avait ajouté un tatouage stimulant (le mot espagnol « *Vamos !* ») à ceux qui descendaient déjà en serpentin délicat de son cou jusqu'à ses poignets. Elle affirmait à son mari, Grégory, qu'il n'y avait pas lieu de se tourmenter. Après quatre mois passés à contenir ces fortes secousses, la vie « normale » allait reprendre. Son domaine d'expertise, la programmation informatique, se portait bien ; elle retrouverait du travail. Elle soufflerait quelques semaines avant de s'y remettre. Elle en profiterait pour s'occuper de Madeleine, leur petite fille de cinq ans, et lambiner dans des vide-greniers, ou rattraper son retard de lecture. Tout rentrerait dans l'ordre.

Mona avait encodé ses bonnes résolutions comme si elle était une base de données. Sûre de ses calculs, elle ne s'aperçut donc pas tout de suite que le petit chèque consolateur du tribunal des prud'hommes était glissé dans une enveloppe de mélancolie. Sa joie, sa vitalité s'éteignaient. Son inactivité lui pesait plus qu'elle n'aurait cru. En l'absence de Grégory, qui était chauffeur routier, elle demeurait souvent seule à la maison. L'emploi du temps de Madeleine lui servait de tuteur précieux : école, loisirs extrascolaires, goûter, bain, coucher. Mais quand Mona estima qu'il était temps de se mettre en quête d'un nouveau poste, elle n'y parvint pas. Une insidieuse indolence l'incitait à remettre au lendemain toutes démarches professionnelles. Puis toutes démarches tout court. Grégory, d'abord compréhensif, commença à s'inquiéter pour leurs revenus. Il augmenta sa cadence de déplacements.

Honteuse, Mona se réfugia dans les replis de leur petit pavillon de banlieue, où – dégringolade annoncée – elle fit sa première crise d'épilepsie.

Un jour, alors qu'il fallait se lever pour emmener Madeleine à l'école, Mona ne se leva pas. Pourtant, elle était réveillée. Son index soulignait sans interruption le motif en spirale de son pyjama. Quand la petite fille frappa à la porte et l'ouvrit, elle dit « C'est l'heure je crois maman », Mona répondit « J'arrive », mais n'arriva pas. Incapable de se mettre debout. Incapable de quoi que ce soit. Et cela dura.

Grégory comprit mal la dépression de son épouse. Par nécessité, il réduisit ses missions, mais lui en voulut beaucoup. Non seulement il perdait de l'argent, mais elle n'en gagnait toujours pas et il était de ces hommes qui tremblent si la sécurité du foyer est menacée. Sa femme tatouée était alitée ; toute sa confiance en lui chancelait. L'angoisse le submergeait. Son expression favorite devint « Tu peux au moins » qu'il assortissait de « sortir les poubelles », « débarrasser la table », « consulter les annonces », « répondre au téléphone », « jouer avec Madeleine ». Mona ne pouvait rien « au moins », à part aller du canapé au lit, du lit au canapé, du fauteuil à la fenêtre, de la fenêtre au fauteuil, tout en ingurgitant des boîtes entières de gâteaux fourrés. Tous les jours à seize heures, elle parvenait dans un effort surhumain à sortir le lait et les céréales pour le goûter de Madeleine.

Elle était inapte désormais à lire la moindre ligne d'un quelconque roman. Ses yeux grands ouverts scrutaient le vide avec persistance. Grégory finit par la soupçonner de feindre, car, nom d'un chien, elle n'était pas la seule à avoir été licenciée sur cette terre, il était là, elle avait une fille, elle était aimée ! Pourquoi surjouait-elle ainsi sa détresse ? Que lui avait-il fait ?! Cette suspicion terrassa Mona. Elle eut l'ultime courage d'appeler ses parents à Toulouse, la gorge nouée, et leur avoua tout : son absence de désir, sa sensation de vide, sa somnolence perpétuelle, sa prise de poids. Sa souffrance.

Sa mère sauta dans sa voiture et vint la chercher. Dès la porte franchie, elle réprimanda Grégory. Ne voyait-il pas que sa fille était dans un état lamentable ? Grégory hurla qu'il était bien pratique, « l'état lamentable » qui permettait de ne rien foutre pendant des mois. La mère de Mona rugit à son tour : il serait bien inspiré de lire le journal parfois, ou ne serait-ce qu'allumer la radio, plutôt que d'écouter en boucle Bruce Springsteen dans la cabine de son 23-tonnes. S'il s'informait de temps en temps, donc, il apprendrait l'existence d'une indélicatesse de la nature appelée le burn-out, ou la dépression, qui anéantit la volonté de toute personne qui en est frappée. On ne laisse pas ce mal croupir dans l'eau nucléaire du ressentiment, on le sort avec ses petites mains propres et on l'amène à l'hôpital.

Grégory s'effondra. Il n'en pouvait plus, lui non plus. Depuis la crise d'appendicite de Mona, les déconvenues s'entassaient dans un fracas de ferraille en déchetterie. Il avait besoin de calme, de silence. Il devait « prendre l'air ».

Il laissa Mona *et* Madeleine à ses beaux-parents et se noya dans le travail sur fond de *Dancing in the Dark* : camion, routes de France, de Belgique, d'Espagne, il dormait dans sa cabine en consultant les étoiles par l'ample fenêtre conducteur et c'est ainsi qu'il reprit ses esprits et put, quelques longues semaines plus tard, récupérer sa fille en raison du chômage et de la mauvaise santé mentale de sa femme. Il était désolé. Il s'en voulait de n'avoir rien vu. Il n'avait pas bien réagi. Mais quelque chose s'était cassé. La simple présence de Mona lui rappelait ses torts, ses grossièretés envers elle. Il ne supportait plus ce reflet détérioré de lui-même. En larmes, il demanda le divorce.

Mona fut internée à Toulouse. Séparée de sa fille, séparée de Grégory, assommée de médicaments, elle mit du temps à sortir de sa léthargie.

Très vite, elle confia au docteur Di Bonna, son psychiatre, avec lequel elle avait un entretien tous les deux jours, que si cette vague dépressive était la plus puissante de sa vie, elle en avait traversé d'autres depuis l'enfance. Elle s'était depuis toujours sentie ralentie par quelque chose, une ombre tenace, une sorte de monstre, hydre à sept têtes qui semblait être venue au monde avec elle pour repousser tout assaut de joie. Petite fille, elle rusait pour détourner son attention, et s'égayer malgré tout en raclant les fonds de son ardeur d'enfant, mais les circonstances l'avaient tant affaiblie ces derniers temps que le monstre en avait profité pour se déployer.

Cet aveu d'antécédent permit au médecin d'aider sa patiente à comprendre qu'elle n'était pas plus responsable de sa maladie qu'un diabétique ne l'était de son dysfonctionnement glycémique. Il troqua l'image de l'hydre par celle du handicap : elle avait une jambe dans le plâtre et la société lui demandait de courir. Il fallait épouser la lenteur le temps de la guérison. Elle rentrerait dans la mêlée plus tard. Quand elle en sentirait la nécessité.

Ses crises d'épilepsie s'espacèrent. Le psychiatre identifia la bonne chimie pour elle. Il détermina aussi ce qu'il appelait « le mantra *ad hoc* », car selon lui, tout traitement devait être accompagné d'une formule spécifique à chaque patient. Pour Mona, il en distingua une qu'il attribuait à Hippocrate : *Ars longa, vita brevis*. L'art est long, la vie est courte. Mona se reconnut dans cette tension du réel. Ce n'était pas elle qui était inapte à la vie, c'était l'art de vivre qui était long à apprendre. Personne n'y parvenait vraiment. Il fallait donc faire au mieux. Cette sentence lui convint bien davantage que celles essayées par le docteur auparavant : l'*Audaces fortuna juvat*, de Virgile – la fortune sourit aux audacieux –, avait paralysé la jeune femme pendant quinze jours. Une amie d'internement avait compati : « Peut-on parler d'audace aux éclopées gavées de médocs que nous sommes ? »

Lorsqu'elle sortit de l'hôpital, Mona se fit tatouer « *Ars longua, vita brevis* » sur l'avant-bras droit, en forme de V, comme un oiseau.

Elle se réfugia chez ses parents. Cela dura presque un an encore. Un an à vivre à leurs crochets. À collaborer aux tâches ménagères, préparer les repas, tailler les rosiers. Le soir, elle s'endormait devant les séries avec son père, devant les documentaires avec sa mère. Madeleine lui manquait terriblement. Grégory en avait obtenu la garde principale, sans qu'elle s'y oppose. Leur petite fille avait ses repères dans la maison familiale de Villemomble et il lui paraissait juste de leur en laisser la jouissance. Grégory n'avait pas tardé à rencontrer une compagne avec qui, au grand soulagement de Mona, il ne vivait pas. Mona vacillait à l'idée que cette « autre » puisse la remplacer dans le cœur de son enfant, mais elle remettait sans cesse les occasions de la revoir et de s'occuper d'elle.

Ses parents la mirent en garde contre cet engrenage, en vain. Mona maintint le lien seulement par des appels téléphoniques en visio, le week-end. La petite fille s'y prêta d'abord docilement, puis de moins en moins. Elle était lasse de confier à cette maman-écran ses répétitives journées d'école et ses jeux. Grégory jurait que ce mutisme était de son âge : aucun enfant n'aimait rendre compte de ses journées. Il encourageait ainsi, malgré lui, Madeleine à se taire.

Le silence cathédrale s'installa.

Le temps passait et plus il passait, plus l'hypothèse de retrouvailles terrorisait Mona. Comment justifier une si longue défaillance auprès de sa petite fille blessée ? Aurait-elle la force d'affronter son inévitable hostilité ? Le retard pris dans leur relation était-il rattrapable ? Dans ses pires moments de découragement, Mona alla jusqu'à imaginer un délit à commettre qui l'enverrait en prison. Si elle était enfermée, la fillette comprendrait son absence. Elle aurait quelque chose à raconter. Bien sûr, ce scénario resta à l'état de pensée ténébreuse.

De son côté, Grégory ne favorisait pas les échanges. Il craignait que Madeleine revienne triste et angoissée d'une visite à sa mère.

Un jour, il informa Mona que leur enfant avait appelé « maman » sa nouvelle compagne. Révoltée, la jeune femme décida que le docteur Di Bonna avait raison. Il était temps de rentrer dans la mêlée.

Comme un sportif après une grave blessure, volontaire et souffrante, Mona accéléra sa fin de convalescence. Elle se remit à son ordinateur, acheta des revues d'informatique, reprit contact avec d'anciens collègues. Elle constata avec soulagement que son esprit vif et mathématique parvenait toujours à absorber les nouveaux paramètres de son activité. Pour limiter les contacts humains et hiérarchiques, elle choisit de créer son autoentreprise. Les habitudes avaient changé en deux ans et de plus en plus de programmeurs se mettaient à leur compte. Il fallait prospecter, certes, mais le métier restait attractif et les prestations correctement rémunérées. Elle décrocha pour commencer une mission de maintenance d'un an qui lui permit de libérer un peu plus d'un smic. Après quelques semaines pour assurer la pérennité du contrat, elle annonça à ses parents qu'elle allait quitter Toulouse pour se rapprocher de Madeleine et de son premier client, basé à Montreuil. Elle se fixa l'objectif d'être installée en région parisienne quinze jours avant les sept ans de sa petite fille, le 12 avril, avec le rêve fou de les fêter avec elle dans son nouvel abri.

Chaque décision se prenait sans légèreté, mais elle se prenait. Éplucher les annonces immobilières, fixer des rendez-vous, réserver un billet aller-retour pour visiter les logements sélectionnés.

Certains lieux sont des aimants qui vous attirent dès que vous les approchez. À peine arrivée dans la cour pourtant sans charme de la cité Kennedy de Rosny-sous-Bois, Mona s'était sentie envahie par un sortilège rassurant, confirmé par la visite de l'appartement. C'était là, dans cet habitat d'une pièce, au douzième étage d'une tour sans balcon, qu'elle poserait ses bagages.

Elle rejoignit Toulouse et finalisa son déménagement. Le jour de son départ, François et Cécile, ses parents, écrasèrent une larme de tristesse et de joie. Ils n'avaient jamais imaginé devoir vivre une deuxième fois le syndrome du nid vide : le départ d'une enfant de presque quarante ans, qui reprend son envol.

MONA

De sa fenêtre, Mona regarde la banlieue éternelle et verticale : à droite, des cités, vastes clous plantés droit vers les nuages ; à gauche, des champs de maisons grises perforés de blocs encerclés de verdure. Elle sourit.

Non seulement son appartement a vue sur l'horizon, mais il est beau. Elle est sans doute seule au monde à accoler cet adjectif à des murs décatis, un parquet résigné, des cartons entassés. Tout cela incarne sa récente autonomie, alors oui, c'est beau. Même s'il ne fait pas de doute que sans le retour de Madeleine, ce joyau de béton se transformerait en tombeau.

Elle l'a vue avant-hier, Madeleine. Elle l'a entrevue, plutôt. Elle ne sait pas ce qui lui a pris, elle est allée traîner devant son école, vers quinze heures, au moment de la récréation. Elle s'est approchée de la grille, à pas lents, comme on met le bout du pied dans un océan vert avant d'oser s'y enfoncer. Elle l'a aperçue dans la cour. En robe parme, elle jouait au foot. Elle criait « Passe, passe » à ses petits partenaires, avec une voix gutturale de vie ou de mort qui a renseigné Mona sur son caractère et sa volonté. Mais, dans le même temps, elle a présumé qu'un tel tempérament la défierait sans doute et son cœur s'est mis à battre de façon si éperdue et violente qu'elle s'est dit qu'elle n'y arriverait jamais. Elle n'aurait jamais le courage de cet affrontement. Ni de la déception qu'elle est sûre de créer. Ni des reproches qu'elle devra endurer. Elle ne saura pas soutenir le regard de sa petite fille, accéder aux mots d'adulte pour lui expliquer ces années noires. Elle échouera.

Un instant, il lui a semblé que l'enfant observait la rue à travers la grille. Mona s'est baissée en hâte pour ne pas être reconnue, feignant de se gratter le mollet. Ridicule.

Une fois chez elle, la jeune femme a appelé le docteur Di Bonna. Il l'a apaisée : elle avait été terrorisée au simple contact visuel d'une enfant de bientôt sept ans ? Elle ne devait rien conclure et maintenir ses objectifs : accueillir les déménageurs demain, ranger, préparer l'appartement, et dans quinze jours fêter avec Madeleine son anniversaire. C'est bien ça ?

Selon le psychiatre, le « mal de mère » dont souffrait Mona était la conséquence de sa dépression, non sa cause. Elle n'était pas de ces femmes qui rencontrent des difficultés relationnelles avec leur enfant dès sa naissance. Voilà pourquoi il était optimiste sur le pronostic. Il fallait avancer. Maintenant qu'elle allait mieux, elle pourrait reprendre sa place d'adulte et se révéler telle qu'elle est à sa petite fille, sans se cacher.

« Sans se cacher, c'est raté », avait pensé Mona qui se revoyait accroupie en pleine rue pour échapper au regard de Madeleine.

Et elle avait espéré que ce logis ne se transformerait pas en une cachette de plus, une grotte dont elle ne sortirait plus.

Trente-cinq mètres carrés. L'endroit est petit mais suffisant. Une pièce principale, augmentée d'un lit mezzanine en bois entièrement à repeindre ; une cuisine indépendante assez grande pour y glisser une table en pin, et à la gauche de la mezzanine, dans la profondeur, une jolie porte à vitraux hétéroclites – sans doute le résultat d'un occupant plus créatif que les autres – qui s'ouvre sur une salle de bains étroite mais fonctionnelle. Sous la mezzanine, Mona a disposé un canapé-lit, et en contrebas de la large fenêtre, le bureau en métal beige de son adolescence, seul meuble qui ne l'ait jamais quittée.

Lors de la visite de l'appartement, à la vue de la mezzanine, Mona avait imaginé Madeleine grimpant d'un bond vers sa couche à la vitesse d'une araignée en fuite. Sa fille semblait là, partout, installée sur les marches, assise sur son matelas les pieds balançant dans le vide, ou avec un pinceau pour peindre à sa guise le carré de plafond au-dessus de son lit. Une Madeleine en dix exemplaires habitait déjà le lieu. Mona avait lancé « Il est pour moi » à la propriétaire sexagénaire en jupe hippie qui, en dépit de son look décontracté, répétait qu'elle ne serait pas mécontente si pour une fois son bien n'était pas occupé par des étudiants peu soigneux et pas toujours solvables. Devant l'enthousiasme de Mona, elle avait vanté l'escalier astucieux qui montait vers le lit et servait aussi de rangement, puisque ses marches creuses étaient aménagées en casier. Elle n'avait pas précisé que l'une d'entre elles était condamnée et solidement scellée.

Ce matin, quand Mona s'en est aperçue, elle a ajouté à son programme du dimanche, outre de repeindre le meuble, de débloquer l'abattant en bois. Les divers jeunes locataires qui se sont succédé dans cet appartement ont sans doute eu la flemme de se dévouer à cette tâche. Un étudiant, ça n'a pas beaucoup d'affaires. Mais à presque quarante ans, c'est différent, on entre avec des cartons pleins d'éclats de soi, qu'il faut bien ranger quelque part. Sans compter les petits effets de Madeleine qu'elle espère voir s'entasser ici bientôt.

Mona bâche le parquet. Pour accompagner sa besogne, elle allume sa mini-enceinte portable et met du blues. Le blues, c'est sa consolation depuis toujours. Elle a constitué une play-list qu'elle écoute en boucle avec des morceaux comme *Smokestack Lightning*, si énergisant et triste à la fois. Les *woo woo* d'Howlin' Wolf lui font l'effet d'une fête et d'une complainte. Ce sera idéal pour cadencer les travaux.

Pourquoi cette troisième marche est-elle scellée ? Il est évident qu'elle ne l'a pas toujours été. On dirait que les poignées ont été cassées sans être jamais remplacées. Une cornière en acier a été collée sur la longueur du bec de marche et vissée sur l'abattant pour en empêcher l'ouverture. Le tournevis que Mona possède est bien trop petit pour les grosses attaches qui soutiennent la cornière. Elle pourrait peut-être scier le bois de l'abattant, mais elle n'a pas de scie. Comment procéder ?

Voûtée sur sa marche comme sur un starting-block, Mona réfléchit. Tout indique qu'elle ne sera pas apte à effectuer un travail soigneux, mais elle n'a pas envie de remettre cette tâche au lendemain. Elle a organisé son temps avec précision et elle veut s'y tenir : aujourd'hui elle ouvre le casier, elle peint la mezzanine et commence à ranger. Demain matin, elle fera la maintenance du site de son client ; l'après-midi, elle prospectera. À dix-sept heures, elle guettera Madeleine à la sortie de l'école. L'idée de changer ses plans est contrariante et source de stress.

Tant pis. Elle va vers sa caisse à outils et s'empare d'un marteau et d'un burin qu'elle tente de glisser entre la cornière et le bec de marche. N'y parvenant pas, c'est le marteau qui frappe le métal pour élargir l'intervalle. Cette fois, le burin s'immisce. Alors, basculant tout son corps sur l'outil, elle fait levier pour plier le fer. La cornière résiste, évidemment. Mona renouvelle son effort. Chaque appui entraîne un petit craquement encourageant. Elle s'acharne. Elle le fait pour Madeleine. Pour elle. Pour elles ! Aidée par l'entrain du riff de la guitare électrique et le « *woo woo* » aigu du chanteur, elle ne peut s'empêcher de poursuivre sa mission. La cornière se défend. Elle regimbe. Espèce de marche réfractaire. Les deux bras tatoués de Mona y vont de leurs muscles bandés. Elle se cramponne, lutte, se fracasse dedans. « *Woo woo* ». Elle ne compte pas les minutes d'efforts. Et puis soudain, l'abattant cède et s'ouvre. Elle souffle, passe un revers de main sur son front en sueur. Les vis arrachées ont emporté avec elles les esquilles de bois du bec de marche mais l'abattant est intact, calmement captif de la charnière. Bâillant.

Par réflexe, Mona jette un œil à l'intérieur de la marche, baigné d'obscurité. Au fond du casier, un reflet blanc attire son attention. Elle ne parvient pas à distinguer ce que c'est, mais il y a bien un objet placé là. Décontenancée, elle se demande si elle n'a pas joué avec les secrets de cet appartement. Elle se remémore sa propriétaire inoffensive. Aurait-elle enfermé ici un de ses méfaits, la preuve d'un meurtre ou d'une fraude fiscale ? Mona ne peut résister à la curiosité. Elle active la lampe de poche de son téléphone portable, éteint la musique au passage et éclaire l'intérieur du compartiment. Le rayon lumineux s'engouffre dans la boîte obscure. Mona penche la tête pour regarder. Se redresse. Glisse son bras qu'elle étire à son maximum. Ses doigts s'agitent à la recherche de l'objet ; l'atteignent. La chose, au toucher, confirme ce que ses yeux avaient présumé. Il s'agit de feuilles de papier reliées par une spirale en plastique et protégées par la rigidité d'une page de garde cartonnée. Une sorte de document, donc. Elle l'extrait de son antre ; le secoue afin qu'il libère sa poussière. Elle le tape sur sa cuisse pour la même raison, mais aussi pour retarder le moment de la révélation. Elle le considère enfin à la lumière du jour. La couverture est blanche et ne divulgue rien. Il faut donc l'ouvrir. Ce qu'elle fait.

En page de garde est écrit : *Jonas Is Born, alléluia* un roman de Philippe Sandre-Lévy.

Jonas Is Born, alléluia. Jonas est né, alléluia. Quel drôle de titre.

JONAS IS BORN, ALLÉLUIA
Un ROMAN de Philippe Sandre-Lévy

Chapitre 1

Chère Lectrice, ne raccroche pas ! Comme Rabelais avant son *Gargantua* je veux que tu saches que tu ne trouveras pas seulement des plaisanteries dans ce récit, pas seulement des moqueries et autres légèretés, la cape espagnole ne fait pas le chevalier, l'alléluia n'annonce pas forcément une gaudriole. Non ! Le roman que tu vas lire, chère lectrice, te parlera d'amour, de philosophie, de trucs bizarres, d'audaces, de réclusion – pas à perpétuité –, d'amour encore – car c'est pour toi que je l'écris. Il te conduira d'un modeste appartement T1 rosnéen jusqu'au fin fond de la Seine-Saint-Denis, en passant par le Mali, l'Islande, la Terre sainte, le Zimbabwe et j'en passe. Reste, lectrice en jogging aux longs cheveux châtains. Ce roman, écrit pour tes beaux yeux, te révélera aussi et surtout une formule magique enchanteresse, un concept bohème réparateur (quel que soit ton souci, il le réparera) sorti tout droit de la tête de

Jonas, notre héros, un clochard céleste pour lequel je demande ton indulgence s'il ne t'apparaît pas d'emblée aimable – tout être même fictif a droit à une deuxième chance.

Écoute son histoire :

Jonas, grand cœur, et visage à fossettes débonnaire, avait vingt-deux ans – et toutes ses dents – en décembre 2000. Étudiant brillant, il s'était retiré de toute vie sociale deux ans plus tôt, pour une raison, lectrice, que je te détaillerai bientôt.

Il ne descendait plus de sa citadelle de banlieue – il vivait au douzième étage d'une tour sans saveur – que pour en faire le tour et remonter au pas de course, en levant les genoux bien haut, dans le but d'entretenir ses mollets et ses cuisses, les seules parties de son humble corps qui trouvaient grâce à ses yeux. Un casque sur les oreilles, il écoutait Howlin' Wolf et en particulier *Smokestack Lightning*, dont les *woo woo* l'enfiévraient. Son exercice quotidien se déroulait dans l'indifférence générale. Personne ne le voyait. Ni les caïds de la cité, ni les dames et messieurs à Caddie, ni même la police dont Jonas déplorait qu'elle ait abandonné le képi, en l'an 1985, renonçant ainsi définitivement à l'hypothèse d'une expansion volumineuse de son cerveau. Non qu'il estimât qu'elle en eût besoin plus que quiconque – il ne se permettrait pas de juger – mais sans conteste, le képi créait un espoir d'évolution de l'espèce que la casquette réduisait à néant.

Depuis deux ans, donc, notre héros pensait que vivre reclus dans son douzième étage c'était avoir un destin de pigeon, perché sur son fil, et observer le monde, voire lui crotter dessus de temps en temps, sans aucune animosité, simplement parce que c'était nécessaire à son organisme.

Depuis qu'à onze ans l'analogie sonore entre « Jonas » et « génie » lui était apparue, Jonas se considérait comme tel. Certes, plus tard, il avait aussi repéré la fraternité phonique de Jonas avec « génisse » mais il ne s'était pas attardé sur ce constat contrariant. Jonas voulait désormais ne se consacrer qu'à rêver, philosopher, lire, chanter mal, et au-delà de tout : se désespérer. Car en cette veille d'année 2001 (à une semaine de l'entrer-sauter dans le XXIe siècle), les raisons de se tourmenter ne manquaient pas. (Est-il besoin de rappeler que si l'année 2000, contrairement aux prévisions, n'avait pas été frappée du sceau de la fin du monde, elle pouvait néanmoins se vanter de belles turbulences et vilenies comme celle de voir débarquer un certain Poutine à la tête de la Russie et un certain Bush à la tête des États-Unis dont notre personnage, pourtant pas spécialiste, ne pensait pas qu'ils seraient les sauveurs des décennies à venir.)

Jonas croyait résolument que c'était enfermé dans son douzième étage qu'il était le plus inutile au monde. Persuadé aussi que cette inutilité était le meilleur service qu'il puisse rendre à l'humanité et que tout le monde devrait en faire autant.

Je t'entends, chère lectrice. Tu t'impatientes et veux savoir ce qui s'est passé, deux ans plus tôt, pour que Jonas renonçât à toute vie sociale ? Bien évidemment, l'auteur de ces lignes va te le raconter, car il y va de la renommée de ce prophète inconnu – pour l'instant – et de sa potentielle destinée inter-séculaire. Il y va de tout ce que mon récit va t'apporter itou, j'y tiens. Il y va peut-être même de l'évolution de la psycho-philo-poésie elle-même.

Tadam…

MONA

« Qu'est-ce que c'est que ce truc… !? »

Assise à sa table de cuisine, Mona a lu les premières pages du manuscrit, et elle se fige. Est-ce que ce narrateur, au ton emphatique et décalé, s'adresse… à elle ? Elle n'a jamais cru à la magie ni à la sorcellerie, mais tout de même, elle est troublée. La « lectrice en jogging », le « quel que soit ton souci, il le réparera », les cheveux châtains – certes les siens ne sont plus longs mais ils sont toujours châtains – et surtout Howlin' Wolf ! Exactement le morceau qu'elle écoutait quand elle a descellé la marche… Tout cela est intrigant et lui donne chaud. Très chaud.

Elle s'évente avec le texte. Puis le retourne. Le feuillette en quête d'éléments. L'auteur aurait-il laissé un message ou des coordonnées ? Elle est sûre qu'il ne s'agit pas du dernier locataire, qui était une femme et dont le nom est toujours sur la boîte aux lettres. Elle imagine un étudiant dandy, négligent, qui aurait abandonné un exemplaire de son ouvrage – ou exercice universitaire – dans ce tiroir, scellé ensuite par son successeur inattentif. À moins qu'il ne s'agisse d'un éditeur fou qui s'amuserait à semer les manuscrits refusés dans des lieux improbables ?

Elle le secoue, comme si ses secrets pouvaient jaillir dans un nuage de poussière. Mais *Jonas Is Born* ne recèle rien d'autre que des mots et des chapitres. La curiosité de Mona l'emporte sur son appréhension ; elle reprend sa lecture.

Chapitre 2

Pardon, lectrice, j'ai promis de te révéler de quel mal souffrait Jonas pour s'être ainsi coupé du monde pendant deux ans, mais quand on frappe à une porte, il faut l'ouvrir.

Or, on frappait à la porte de Jonas en cette heure tardive de décembre. Il allait bien falloir qu'il ouvre ! Enfin pas tout de suite évidemment, car on l'aura compris, le jeune anachorète redoutait toute interaction sociale. Il s'immobilisa donc, tel un roi contrarié. Il était en train de rédiger une longue complainte sur le dos d'un ticket de caisse, une liste amère de tout ce qui l'affligeait. Cette activité régulière lui permettait de se nettoyer l'esprit et il s'y adonnait scrupuleusement. Ainsi, une mouche alphabète qui se serait posée sur son ticket aurait pu lire : *Marre du bruit de l'ascenseur. Temps humide. Mal au ventre, appendicite ? Cancer du pancréas ? Symptôme dépressif ? Pourquoi ô pourquoi la science qui a su construire des barrages ne parvient pas à éviter à mon nez de couler ?*

Et voilà qu'on dérangeait notre Ézéchiel de pacotille et qu'on insistait. On frappait à nouveau. Et encore ; et encore. Et plus on frappait, plus il se figeait, risquant ainsi la pétrification de la femme de Loth quittant Sodome (et non pétrifiction qui plaît aussi à ton serviteur, lectrice, mais qui n'a pas la gloire d'être admis par la langue française).

— Vous pouvez m'ouvrir s'il vous plaît ? (Nous savons que Loth ainsi qu'Abraham dans les plaines de Mamré ont ouvert leur porte aux étrangers.)

C'était une voix de jeune femme un peu essoufflée.

— Je suis Suzie-Marie, votre voisine, j'ai… je n'ai plus de… de…

Jonas ne connaissait pas Suzie-Marie. Outre son footing matinal, il lui arrivait de sortir la nuit pour faire quelques courses essentielles à sa survie mais il n'adressait jamais la parole à quiconque. Il pouvait aussi, rarement, s'aventurer dans des clubs de blues parisiens. Il raffolait de la frénésie avec laquelle les musiciens s'adonnaient à cette activité étrange : pincer des cordes, taper sur des peaux tendues, souffler dans des tubes, ou remuer les doigts sur des touches blanches, tout en tapant du pied et en agitant la tête. Il avait la sensation que la clé de l'humanité se nichait là, dans cette fébrilité ternaire, et que le jour où l'énigme du blues serait résolue, le Messie se pointerait enfin en jouant *Red House* sur une Fender Stratocaster.

En attendant, la jouvencelle tambourinait parce qu'elle manquait de... de...

— Je n'ai plus de papier toilette !

J'espère que tu pardonnes, lectrice, l'aspect prosaïque des premiers chapitres de ce récit, mais il est entendu qu'on ne raconte pas l'humanité en la recouvrant d'un voile pudibond. Nous considérons que l'organique est arrimé au spirituel et c'est pourquoi nous n'effaçons pas de la grande histoire de Jonas cet épisode physiologique, qui, sois rassurée, est succinct. Revenons donc à cette voisine et à sa supplique.

Jonas, immobile, concéda un roulement d'œil étonné. Selon lui, les voisines et voisins frappaient aux portes pour demander des œufs, de la farine, du café, dans l'espoir éventuel de finir en caleçon dans les draps du prêteur, mais avec le « papier toilette », Suzie-Marie le surprenait. L'absolue nécessité de sa requête le touchait. Il compatissait ; fait rare ces derniers temps dans le corps frêle de notre héros.

— Vous m'entendez ? Je sais que vous êtes là, je vous ai vu entrer tout à l'heure.

— ...

— Vous m'entendez ? C'est urgent ! Je ne vous dérangerai pas !

Jonas, touché au cœur par cette précision, préféra d'abord se débarrasser de son ticket de caisse et de sa complainte. Il aurait détesté qu'une voisine tombât sur ses lamentations puériles. Il le froissa en hâte et, dans un geste qui l'étonna lui-même, il le mangea. Il ne devint pas dans sa bouche *aussi doux que du miel*, loin de là. Mais le papier vite mâché fut avalé et disparut.

Alors Jonas s'avança vers la porte. Et ouvrit.

MONA

« *Red House !* » L'auteur cite *Red House !* C'est un de ses Jimi Hendrix préférés ! Cette prière lente, cette plainte électrique a accompagné tant ses mois de désespérance que ses moments d'exaltation. Il ne précise pas quelle version le Messie jouerait... Dommage ! Quelle coïncidence encore. Et que de points communs avec ce Jonas fantasque : ses goûts musicaux, sa retraite de deux ans, cet appartement...

Pour le reste, le narrateur l'avait prévenue, son héros la déroute plutôt.

Elle rectifie sa pensée : le narrateur a prévenu sa « lectrice », pas elle. Tout ça la rend fébrile, décidément.

Respirer. Reprendre ses esprits. Hors de question pour Mona de laisser proliférer des hypothèses paranormales qui lui rappelleraient certains patients illuminés du service psychiatrique, en contact avec le diable et ses forces obscures ou réincarnations auto-proclamées de Victor Hugo ou Agatha Christie. Surtout pas. Mona se lève, se sert un verre d'eau et décide de prendre le réel en main. Et le réel a un nom : Philippe Sandre-Lévy.

Installée à son bureau, son téléphone près d'elle, Mona tient à obtenir une explication à la présence de ce texte mystérieux. Elle tape « Philippe Sandre-Lévy » sur son moteur de recherche. La tentative Google s'avère infructueuse. Quelques Lévy à nom composé émergent. Lévi-Strauss. Lévy-Martin. Lévy-Tran. Personne, en tout cas de ce nom-là, ne s'impose dans cette première investigation.

Mona passe aux réseaux sociaux. Elle ne les fréquente plus depuis longtemps, sur les conseils du docteur Di Bonna, qui l'estimait trop sensible à l'agressivité dont ces médias sont pollués. Elle a conservé ses comptes. Elle les consulte parfois, mais elle ne publie plus.

Sur Facebook et Twitter, elle ne trouve rien ; sur Instagram, en revanche, un compte avec une photo en contre-jour porte précisément le nom de Philippe Sandre-Lévy. L'individu a vingt abonnés et deux publications. L'une est un cliché représentant la façade d'un magasin de vidéo, l'autre est le logo du commerce, légendée : « MyVidéo »... Mona examine la photo du profil. Décidément, la lumière contrastée ne laisse voir que peu d'indices physiques sur l'homme, nimbé d'ombre et de gris. Qu'importe. C'est une piste.

Sans attendre, Mona appuie sur la petite enveloppe de la messagerie Instagram du seul Philippe Sandre-Lévy qu'elle ait identifié et écrit : « Bonjour, j'habite à Rosny-sous-Bois dans un appartement cité Kennedy, au douzième étage. Il s'avère que j'ai cassé le battant d'une des marches du lit mezzanine, et que j'y ai découvert un document portant votre nom. Vous appartient-il ? Souhaitez-vous le récupérer ? Cordialement, Mona Frame. »

Elle soupire, soulagée. Son initiative concrète compense l'étrangeté de sa trouvaille. Elle observe les lieux. La contremarche déchiquetée semble attendre restauration. Il faut qu'elle se remette au travail afin que le meuble soit prêt pour sa fille, bientôt, peut-être…

Mais il y a ce manuscrit dans la cuisine, ce manuscrit effrayant et appétissant tout à la fois, avec son Jonas amateur de blues et la promesse du narrateur : une formule magique, qui, « quel que soit [son] souci, le réparera »…

Chapitre 3

Ce n'est pas pour te décevoir, rêveuse décontractée qui lit ces lignes et à laquelle je tiens comme à mon artère pulmonaire car tu es chère à mon cœur et garante de la postérité de mon récit – j'espère que tu en es consciente –, mais je te dois d'avouer que la rencontre entre Jonas et Suzie-Marie fut expéditive. Pourquoi ? Parce que Suzie-Marie était tenue par une plus grande urgence que celle de papoter avec un jeune homme sur un palier patibulaire. Leur échange se résuma à :

Jonas : Un rouleau, deux rouleaux… ?

Suzie-Marie : Un rouleau ira très bien.

Jonas avait beaucoup de défauts, mais il savait détecter la détresse dans les yeux des femmes. « Un rouleau ira très bien » était prononcé avec douceur et politesse, mais le fond était impérieux. Jonas se précipita pour honorer sa voisine avec l'objet qu'elle souhaitait si ardemment. Elle prit la chose, remercia – « Merci, vraiment, merci beaucoup » – et s'éclipsa.

Ce fut donc la première interaction de Jonas avec Suzie-Marie, et de Jonas avec l'humanité, depuis deux ans ou presque.

Jonas referma la porte – et, pardonne-moi si tu vois une inconvenance à cette péripétie, mais il faut le dire, Jonas eut une érection immédiate. Dieu merci, le phénomène n'était pas rare dans sa vie, cependant il n'était plus, depuis longtemps, raccordé à un être de chair et d'os, abordable. Les pin-up de films X qu'il reluquait dans ses moments d'égarement, ou les livres érotiques qu'il relisait en diagonale et jetait au pied de son lit après l'extase, n'étaient que des stimulateurs virtuels de sa libido. Voilà que, soudain, le désir incarné s'invitait à nouveau dans sa vie. Le fait est que si Suzie-Marie n'était pas particulièrement jolie, elle était sexy, et ce, malgré l'argument prosaïque qui l'avait amenée chez Jonas. Sexy, non par une tenue évocatrice, car elle était habillée comme toi en jogging et tee-shirt, mais sexy car dotée d'un regard franc, d'un déhanché impertinent, d'un ras-du-cou, de cheveux auburn désordonnés et vivants, de petits yeux plissés tels des revers de pantalon, de pieds nus et de lèvres mordantes de bavarde. Si nous étions espagnols, nous écririons que ses cheveux étaient de mélèze, son front d'argent, ses sourcils des flèches, ses yeux des astres, ses joues des tulipes, ses lèvres des pétales de rose, ses dents de l'albâtre, son col de la neige, sa poitrine du sucre de canne, ses mains des Chamallows, sa blancheur du granit, quant à sa généalogie, nous ne la connaissons pas, mais nous la supposons issue de la lignée cachée du Cid et de Chimène !

Tout cela, Jonas l'aperçut mais ne le vit pas, trop ému pour s'attarder sur la physionomie de sa voisine. Son inconscient prit donc, seul, l'initiative de cette joyeuse érection.

Devant ce phénomène nouveau, le godelureau eut d'abord une réaction intriguée puis satisfaite puis indifférente. Il ne voyait pas là, à tort, sujet à méditer.

Il retourna à son activité (la rédaction de sa jérémiade) comme si rien n'avait eu lieu, comme si cet événement n'était pas fondamental pour la suite de notre récit.

Chère lectrice, nous n'oublions pas que nous devons révéler les raisons de la retraite de Jonas, étonnante pour un si jeune garçon, pas très beau, certes, mais à l'esprit aussi alerte qu'un pinson neurasthénique qui aurait pu s'amuser beaucoup en s'abouchant de temps en temps avec d'autres énergumènes – mais il nous importe de préciser que dès lors, après cette entrevue, notre héros abordera un autre temps essentiel de sa vie : le mouvement.

MONA

Mona se précipite vers son portable. Le « ding ding ding » qui vient de retentir sonne comme le coup de klaxon d'un semi-remorque derrière un cycliste distrait. Elle est sûre qu'il n'annonce pas un SMS de ses parents, ni même de Grégory dont les messages sont précédés d'un son ténu de flûte traversière. Cette alerte émane donc de la messagerie Instagram et, par déduction, de Philippe Sandre-Lévy ! Fébrile, elle ouvre l'application et clique sur le petit avion-courrier. Un message apparaît dans sa plus triviale banalité : « Bonjour. Oui, il s'agit bien d'un document m'appartenant que je serais content de récupérer. J'habite à Beauvais, mais je suis en banlieue parisienne ce dimanche. Est-il possible qu'on se retrouve quelque part qui convienne à l'un et l'autre d'ici deux heures ? Je pourrais aussi vous donner mon adresse afin que vous me l'envoyiez en recommandé, mais je n'ai pas une grande confiance en la poste. Cordialement. Philippe Sandre-Lévy.

P-S : Ce manuscrit est sans intérêt. Merci de ne pas le lire. »

Dès l'enfance, Mona a eu la sensation que vivre était un effort. Rien n'était naturel, dans « vivre ». Pourtant, ses parents semblaient pratiquer cette activité le plus simplement du monde, inspirer, expirer, affronter les difficultés habituelles du quotidien sans autres préoccupations que de les surmonter. Adolescente, elle espérait que les tatouages sur son bras, sa nuque – tous constitués de mots et non de dessins – seraient des hiéroglyphes qui lui faciliteraient non pas l'accès vers les morts, mais vers les vivants. Quand elle a rencontré Grégory, motard téméraire, routier, baroudeur plein d'idées et d'initiatives, elle a supposé qu'associée à lui, l'audace de vivre finirait par la reconnaître. Mais elle a eu beau se serrer contre son dos lors des virées à moto ou poser sa main sur la sienne quand elle s'asseyait dans la cabine de son camion, rien ne déteignait et n'altérait sa nature : elle se perdait dans le paysage, se noyait dans des rêveries immobiles. Elle l'a compris pendant sa dépression : sa vraie constitution est de contempler. Tout le reste est trop vertigineux. C'est pour cela qu'elle s'est épanouie dans la programmation informatique. Coder. Modeler. Il s'agissait d'appliquer intelligemment des calculs déjà conçus. Seulement munie d'un DUT, elle se cantonne à la maintenance de sites et laisse à des plus spécialistes le *build*, la construction de programmes. Elle admire les créateurs, mais se déploie dans l'exécution. Quand elle a partagé ses conclusions avec le docteur Di Bonna, il a soutenu que c'était une immense qualité de savoir contempler, admirer, applaudir.

C'est essentiel au monde. Que seraient les hyperactifs sans l'éblouissement des contemplatifs. Mona en était convenue mais se reprochait cette peur d'affronter, que la dépression avait exacerbée et dont la distance avec sa propre fille était l'expression la plus dramatique. Di Bonna avait répondu : « *Sic itur ad astra.* » C'est ainsi que l'on s'élève vers les étoiles. En domptant les épreuves.

La réponse de Philippe Sandre-Lévy (« Est-il possible qu'on se retrouve quelque part qui convienne à l'un et l'autre ? ») la ramène en cinq lignes à son handicap. Sa paralysie. Ces quelques mots greffent un cerveau et des jambes à ce nom imprimé – « S-a-n-d-r-e-L-é-v-y » – qu'elle ressentait finalement comme un pur esprit. Certes, c'est elle qui l'a sollicité, mais à la manière d'un ouvrier quand il écrit au président, sûr de ne jamais obtenir de réponse. Et voilà que cet être céleste sortait de son Olympe pour lui donner rendez-vous.

Quelle agitation soudaine ! Doit-elle suivre le vent étrange qui bouscule son dimanche depuis quelques heures, et aller au contact de cet homme ? Doit-elle lutter au contraire, bien plantée dans sa terre infertile, et désavouer sa proposition à l'auteur ? Est-elle en état de parler avec un inconnu ? Un individu dont elle ne sait rien et envers qui, en ayant commencé à lire son texte, elle est déjà en porte-à-faux ? Évidemment, il ne s'agira pas de se donner rendez-vous dans une décharge municipale, mais même dans un café, est-elle apte à vivre cette rencontre ? N'est-ce pas là encore un moyen de remettre à plus tard les travaux et le retour de Madeleine ?

Mona ne peut nier qu'une excitation, pas ressentie depuis longtemps, la gagne. La photo à contre-jour du profil Instagram de Philippe Sandre-Lévy laisse entrevoir peu de caractéristiques physiques, à part une sveltesse et un âge de milieu de vie, ce qui la surprend car elle aurait plutôt opté pour un homme très jeune. Mais cette méprise provient sans doute du héros du texte, Jonas, à peine sorti de l'adolescence. Tant mieux si ce Philippe est quadragénaire, cela lui permet de rêver un peu. À le lire, elle l'imagine sûr de lui, féru de joutes animées, de traits d'humour, cultivé et frondeur, pince-sans-rire, probablement récalcitrant à toute contradiction mais l'œil pétillant et le verbe contenu. Un homme inhabituel dans sa vie, burlesque peut-être, pudique aussi, puisqu'il préfère qu'elle n'accède pas à son roman. Toutes choses qui l'impressionnent et que Grégory ne lui offrait pas, trop sérieux et préoccupé de musique, de mécanique, de sport. Elle aimerait beaucoup questionner cet homme. Comprendre comment ce texte s'est retrouvé là. Le sonder sur ce personnage et sa retraite. Qui est cette lectrice à qui le narrateur s'adresse ? Elle pourrait, pourquoi pas, ouvrir un nouveau chapitre sentimental, avec quelqu'un d'un autre monde, d'un autre milieu ?

Durant sa maladie, la solitude lui correspondait. Elle ne désirait pas être vue si mal en point par un homme, hirsute, morne, sans projet, sans fonction.

Pourtant elle sait, pour l'avoir vécu avec Grégory, qu'être deux lui convient bien. Elle a aimé la vie en couple. Elle n'a pas renoncé à cette perspective, et sa fantasmagorie non plus. Le petit vélo de l'affection en berne active ses neurones dissipés, il s'emballe : ce texte relégué dans une marche de mezzanine assure qu'il détient la solution à ses « soucis »... Et si c'était son auteur, la solution ? Se sentir aimée la rendrait plus forte pour revenir vers Madeleine. Oui ! Sandre-Lévy sera célibataire, et elle lui plaira. Ils appelleront leur fils Jonas en souvenir de l'objet de leur rapprochement. Il ne faudra pas que cette grossesse tarde trop car Mona n'a plus vingt ans, et si elle veut mettre en route un deuxième enfant, c'est bientôt.

Elle n'avouera pas tout de suite à Philippe Sandre-Lévy qu'elle a lu quelques pages de son texte ; certes, il s'agit d'un roman, ce qui à ses yeux ne constitue pas la même indiscrétion que si cela avait été un journal, mais si elle ne désire pas le blesser, elle doit tenir sa langue. Elle évoquera donc plus tard avec lui les coïncidences entre ses lignes et sa propre vie qui ne peuvent être que des signes. Elle lui dira simplement « Nous nous rencontrons, alléluia ! » et ils riront.

C'est fait. Elle a engagé une discussion virtuelle avec l'auteur ; c'est joyeux et simple. C'est que sa décision est prise. Elle va accepter. Pour elle *et* pour Madeleine. Pour leur avenir. Il faut saisir la chance quand elle se présente. Elle ne veut pas regretter.

Elle s'empare alors de son téléphone et écrit : « Pas de souci pour moi. Nous pouvons nous croiser aujourd'hui. Dites-moi où ça vous arrange. »

La réponse est immédiate : « Est-ce qu'Enghien vous conviendrait ? Au bar du Lac à 17 h 00. C'est à équidistance de là où je me situe et de Rosny. Bien à vous. »

Mona répond : « Parfait. »

De très longues secondes vides s'écoulent avant qu'elle ne se lève et se dirige vers la salle de bains.

Chapitre 4

En l'an 1999, Jonas était un étudiant tout ce qu'il y a de plus classique. Les humanités s'entassaient dans sa bibliothèque de jeune homme et sa mémoire exceptionnelle photographiait des chapitres entiers de philosophie, sociologie, histoire, littérature, poésie, sciences politiques sans discrimination et avec une voracité enviable et enviée de tous. Dans le cerveau de Jonas, on pouvait aussi cueillir des pensées volages (qui lui permettaient de vérifier la bonne marche de sa libido), de l'amertume enfantine (il en voulait terriblement à son frère cadet d'être plus aimable et plus beau que lui), du mépris (compensé par une conscience de gauche et un goût sans nuance pour la classe ouvrière), et pas mal de rêves contradictoires et encombrants : être un révolutionnaire majeur du siècle à venir, créer un concept philosophique incontournable, être un polygame respecté et aimé, devenir riche mais sans ostentation, aider les pauvres avec cette fortune ignorée de tous, entrer en dialogue avec un dieu aimant et impressionné le désignant comme prophète ou fils adoptif.

En 1999, lectrice, Jonas allait bien, donc.

Il se rendait à l'École normale aux horaires prévus. Soldat dégingandé et ambitieux, il y brillait plutôt, au grand dam de certains de ses acolytes qui eux aussi rêvaient grand mais plus bourgeois dirons-nous, ou plus syndiqué, ou plus universitaire, ou plus consciencieux. Les notes au-dessus de 18 pleuvaient dru dans son escarcelle et il se pavanait en sifflotant ou en buvant des bières, sûr de devenir l'agrégé doctorant auprès duquel on n'a qu'à bien se tenir, et qu'on inviterait sur les plateaux de télévision pour parler de la figure du juif errant dans l'œuvre de Cervantès ou de la filiation entre Sancho Panza, Sganarelle, Jacques le Fataliste et le sergent Garcia.

Que s'était-il passé dans la vie de Jonas en cet an 1999 pour qu'il choisisse la réclusion et le repli ? Il n'avait pas critiqué les Romains comme rabbi Shimon bar Yochaï et son fils Éléazar, obligés de fuir Jérusalem et de s'enfermer dans une caverne, ni demandé, à la façon de Don Quichotte, à être descendu par des cordes dans la grotte de Montesinos pour y sombrer dans un sommeil initiatique. Non, si Jonas s'était retiré du monde, c'était à cause de cette phrase d'une technicienne de surface (femme de ménage en langage réprimandé) de l'École normale. Elle passait la serpillière dans le couloir tandis qu'il sortait de son dernier cours de la journée, et elle bloquait le couloir vers la sortie. Fatigué comme un jeune lionceau après la chasse, Jonas avait trépigné. La technicienne avait vu son impatience, mais n'avait pas accéléré sa tâche ni dégagé le passage. Jonas ne s'était pas mis à rugir, mais à soupirer pathétiquement, sans oser articuler quoi que ce soit, par respect pour le labeur de l'employée et par fidélité pour ses idées progressistes. Cette dernière, pas dupe devant l'impatience condescendante du jouvenceau, avait fini par lui dire « Monsieur, vous êtes pressé ? » et sans le laisser répondre elle avait ajouté « Mais pour aller où ? ». Et elle avait souri, dévoilant une dentition impertinente ; aucune réponse ne suffirait jamais.

Décontenancé, Jonas avait grommelé « Nulle part ; je patiente ». La technicienne avait répété « Nulle part ! » et s'était mise à rire cette fois, d'un éclat tonitruant, laissant Jonas dans une sorte de désarroi vertigineux. « Nulle part ! Ah ah ah ! »

Sur la route vers chez lui, Jonas, poids plume devant l'Éternel, dut affronter un vent d'une puissance hors du commun qui entravait sa marche et lui laissa le temps de se rappeler son nom : Jonas. Cette tempête était peut-être celle qui précédait son éjection de l'embarcation et son séjour dans le ventre de la baleine pour avoir fui ses responsabilités, sa mission désignée par Dieu : prévenir Ninive de sa future destruction…

Une fois chez lui, Jonas fut frappé d'une léthargie foudroyante ; il dormit cinq heures sous le poster de courge qu'il avait punaisé au mur (acheté à un peintre barbu dans le métro), puis revenu à lui il entendit à nouveau la voix de la femme « pour aller où » et sa réponse à lui : « nulle part ». Ces mots tournèrent dans sa tête comme des coquillettes dans l'eau bouillante et agirent en poison lent. Pourquoi ô pourquoi ô pourquoi ô pourquoi bouger de chez lui, s'il n'allait nulle part ?

Chère lectrice, à l'heure qu'il est, je ne te connais pas encore aussi intimement que je le souhaiterais, mais je suis sûr que ta grande bonté comprend le mal sournois qui frappait Jonas.

MONA

Oui, ça, elle le comprend ! Elle a eu, elle aussi, l'impression tenace d'aller « nulle part », d'être une maison vide. Et le rire sarcastique de la technicienne de surface résonne en elle comme s'il lui avait été adressé.

Mona tourne les pages tout en s'habillant, avec l'air coupable de la désobéissance. Ce texte l'impressionnait tout à l'heure, mais maintenant qu'elle sait qu'elle devra le laisser à son auteur, elle a bien envie d'en voler quelques lignes encore. Elle ne voit d'ailleurs pas jusque-là pourquoi il lui en interdit la lecture. Elle ne distingue rien qui mérite censure. Mais ces choses-là sont intimes et on doit les respecter. Elle lira… disons… Jusqu'à Enghien, et tant pis pour la suite. Qui sait, elle la découvrira peut-être dans ses bras !

Elle saute dans un jogging de ville – petit clin d'œil à « la lectrice » qu'elle espère qu'il remarquera – et enfile un sweat trop large. L'espoir de séduire ne change rien, elle aime flotter dans ses vêtements et cacher ses formes. Elle veille cependant à ce que le col ample révèle des étincelles de tatouages, ses bijoux discrets. Elle jette négligemment un imperméable sur son épaule, prend son sac à dos, dans lequel elle glisse le manuscrit. Cela fait longtemps que l'idée d'une sortie ne lui a pas paru si douce et revigorante. Quand elle lance un dernier coup d'œil à son appartement, et à l'escalier souffrant de la mezzanine, la tristesse dragonne lui serre le ventre. Oui. Allez. S'extraire. Claquer la porte. Pour elle. Pour Madeleine.

Chapitre 5

Voilà donc ce qui, en l'an 1999, avait arrêté le jeune homme dans son élan d'étalon précoce : *Je vais où ? Nulle part.* C'était la seule chose que Jonas put écrire sur son carnet le lendemain de ce jour tragique. Lectrice, crois-moi, il n'est pas toujours bon de réfléchir au sens des choses. Il faut de la bêtise pour être humain, oublier la mort pour continuer de vivre. Oublier sa propre fin mais aussi la fin de tout, ou presque. Or, quand cette bêtise et cette amnésie essentielles à la survie de l'espèce humaine s'absentent de l'esprit d'un de ses spécimens, eh bien, ledit spécimen tourne en rond, taureau condamné, trop lucide sur sa destinée, mais incapable de prendre une décision pertinente. La vacuité de l'existence n'était pourtant pas un scoop pour Jonas. Sa précoce curiosité lui avait déjà permis de côtoyer des auteurs qui mettaient le projecteur sur cet aspect notoire de la philosophie, mais se souvenir ne signifie pas connaître. Disons que grâce à cette technicienne de surface, les saillies de Cioran ou de Schopenhauer sont passées du noble statut de pensées à celui d'expérience ! (J'espère que tu me suis.)

Peu à peu, réflexe on ne peut plus humain là encore, Jonas décida que cette hyperconscience de sa mortalité n'était pas une tragédie mais une opportunité. Le spectre du métaphysicien céda la place à celui du branleur. Il se cloîtra donc pour se contenter de jouir de son oisiveté et de son désespoir, lire, chanter, buller et méditer, du haut de sa tour et de son phare.

De quoi vivait-il désormais ? te demandes-tu, lectrice pragmatique et de droite – ou de gauche car dans les deux cas, cette question t'intéresse ! (J'avoue que j'ai ma petite idée.) De droite, tu es sûre qu'on ne vit pas d'amour et d'eau fraîche dans ce monde, et tu soupçonnes donc Jonas de vivre aux crochets de l'État ; de gauche, tu supposes que si l'asticot peut subvenir ainsi à ses besoins, c'est qu'il est un héritier, un bourgeois non assumé, bref, un privilégié ! (Pardon si tu n'es ni l'une ni l'autre, comme l'auteur de ces lignes, libertaire apolitique social, qui brûle de te connaître mieux mais passons.)

Eh bien, à petit loyer, petit estomac, petit souci. Jonas n'était ni un héritier ni un assisté. Il vivait de ses droits d'auteur, maigres, mais suffisants. Car si Jonas avait pu interrompre ses études en l'an 1999, c'est parce qu'il avait commencé une vie professionnelle insolite cinq ans plus tôt, à l'âge rimbaldien de dix-sept ans. En effet, cette année-là, il avait répondu à un concours-appel d'offres lancé par une chaîne de télévision, que la grande postérité que nous visons ne connaîtra sans doute pas et qu'on s'abstient donc de nommer. Il s'agissait de proposer un pitch de série jeunesse pour la case du mercredi matin. Le tout jeune Jonas avait tenté sa chance et mis ses neurones en branle. Par réflexe, il avait commencé à chercher autour de ce champ d'invention à la mode à l'époque et célébré par tous : le sujet de société. Mais quand il vit son esprit en train de patauger dans ces eaux polluées par les bons sentiments et la révolte, il se reprit ! Non, il ne donnerait pas naissance à un concept autour des dangers d'Internet et de la téléphonie mobile, du clonage ou de l'utilisation de l'ADN par la police scientifique. Pas de concept non plus autour de la grossophobie, de l'exclusion ou du harcèlement. L'idée lui vint un matin alors qu'il avait un bout de biscotte coincé entre les dents et qu'il se demandait si « avoir quelque chose coincé entre les dents » avait un nom. Sans réponse, il avait saisi un dictionnaire et c'est ainsi que son projet, intitulé « Passe-moi le dico », était né. Il emporta l'appel d'offres et fut développé par la chaîne avec un succès suffisant pour qu'il dure. Ce concept de série, datant de l'époque bénie où Jonas voulait le bien de l'humanité – d'ailleurs, à sa façon, Jonas le souhaitait toujours, il avait simplement renoncé à y contribuer –, reposait sur une idée simple : apprendre du vocabulaire aux enfants grâce à un super-héros. Ainsi, dans un format de quinze minutes, le mercredi, des personnages d'enfants vivaient des aventures (tout ce qu'il y a de plus classique pour un programme jeunesse : deux copains qui se fâchent, une amoureuse qui en aime un autre, une maman qui est fatiguée, un papa qui ne sait pas réparer un truc) jusqu'au moment où un mot, inconnu du personnage principal, était prononcé. Le héros, confronté à cette énigme lexicologique, essentielle à la suite du récit, tente d'abord d'en comprendre le sens tout seul, puis, en désespoir de cause, finit par s'écrier « Passe-moi le dico », en guise de formule magique. À ce moment-là, un génie baptisé Dicotrofor, en short, turban et gants de boxe, tombe du ciel un dictionnaire entre les dents. Notons que Jonas avait prévu dans son concept ce qu'il appelait « un suspense récurrent », pour retourner le cœur des jeunes spectateurs, à savoir que malgré l'urgence de la situation, le génie serait parfois occupé à autre chose et ne pourrait pas être disponible à temps. Mais il parvenait toujours, d'une façon ou d'une autre, à débouler avec son dictionnaire, et à révéler à l'enfant impatient le sens du mot qui lui permettrait de poursuivre son action et, osons le terme, de survivre.

Ce programme rapportait à Jonas, en tant que créateur du concept, l'équivalent de dix mille francs par mois – mille cinq cents euros environ donc, depuis l'an 2000 –, ce qui était suffisant pour manger, courir, dormir, lire et écouter le dialogue musical ultracontemporain oiseaux-bagnoles que lui offrait sa tour de brumaille douze heures par jour.

MONA

Cinq arrêts vers Magenta, quatre arrêts vers Pontoise. Quarante-cinq minutes de transport.

Mona a continué sa lecture sur le trajet. Elle sourit. Elle trouve ce Jonas plutôt créatif. Si ce programme télé existait vraiment, elle le montrerait à Madeleine, sans aucun doute.

Elle glisse à nouveau l'ouvrage dans son sac à dos et sort en hâte pour effectuer son changement vers Enghien. Elle se laisse aspirer par les couloirs bleutés de la gare du Nord. Plus elle approche, plus elle tressaille.

Chapitre 6

Suzie-Marie, la voisine de Jonas, ne savait pas à ce moment-là à quel point sa précipitation à entrer et sortir de la vie de son voisin avait d'ores et déjà réveillé le destin de ce dernier – comme tu as réveillé le mien, lectrice !

Car c'est à partir de ce moment précisément, de ce jour-là, que Jonas eut à nouveau envie de faire des choses. Il commença par cuisiner plus que de coutume. Chaque jour, il prépara ses rituels œufs au plat mais ajouta de l'oignon frit, quelques herbes et des pommes de terre qu'il laissait scintiller dans la poêle. Durant le temps de friture, il réfléchissait. L'odeur de gras et le crépitement calorique titillaient ses papilles. Il convint qu'il pourrait de temps en temps descendre pour parler avec les gens. Il partagerait ainsi une partie de ses préceptes accumulés depuis deux ans, lesquels stationnaient à perte dans son appartement, oisillons nés en cage ignorant s'ils pouvaient voler plus loin. Il ne savait pas vraiment à quels « gens » s'adresser, mais il considéra qu'il pourrait commencer par ceux qui se réunissaient en bas de l'immeuble sur le terrain de basket. Qu'il pleuve, qu'il neige ou qu'il vente, ils s'adonnaient durant les vacances à des parties de basket trépidantes. Jonas pourrait jouer un peu avec eux. Il se débrouillait pas mal, gamin, et cette partie sportive tiendrait lieu de testeur de température de l'eau sociale. Si elle était trop fraîche, il remonterait et attendrait une meilleure météo.

Les œufs frémissaient dans la poêle. Et le fumet dans la gueule du jouvenceau. Oui, c'était ce qu'il allait entreprendre. Demain soir à l'heure où ça zone sur le terrain de basket de la cité, il descendrait.

MONA

Gare d'Enghien. Le cerveau en effervescence, Mona sort de son wagon et se dirige vers un plan pour situer le bar du Lac. Elle a lu quelques chapitres encore. Quelques chapitres qui la font sourire et l'intriguent. La raréfaction des coïncidences lui certifie, s'il était besoin, qu'il n'y a pas d'ensorcellement dans ces pages. Quant à la « solution à ses soucis » promise en introduction, elle est probablement un appât de plaisantin pour que le liseur poursuive sa lecture. Elle le déduit du ton hâbleur du narrateur. Mona reconnaît pourtant qu'elle aurait préféré en être sûre avant de remettre ce texte à son auteur.

Elle stationne devant le tracé de la ville, hypnotisée, traqueuse. Elle repère son itinéraire. Elle prendra la rue de la Libération jusqu'au bout, elle tournera à gauche. Le bar du Lac devrait se situer une centaine de mètres plus loin.

Il y a de nombreuses façons d'arpenter les rues. Sans les voir parce qu'on les a trop vues, au pas de course, en fixant le sol, en se perdant, ou bien avec une sensation familière de prolongement de soi. C'est avec inquiétude que Mona s'engage dans la rue de la Libération. Sous le soleil, avec ses immeubles bas, ses maisons bourgeoises, sa perspective verdoyante, son étroitesse rassurante, elle paraît imiter la province ou attendre les vacances. Cela tempère Mona et renforce cette sensation d'une journée extraordinaire, dans un lieu extraordinaire, au sens littéral du terme, puisque aujourd'hui même la banlieue parisienne ne se ressemble plus.

Pendant qu'elle marche, ses ardeurs romantiques se ravivent. Elle se surprend à souhaiter à nouveau que cette rencontre comptera : un homme qui écrit, qui a de l'extravagance, réfléchit au sens de la vie, ça lui plaît. Ils s'amuseraient bien ensemble. Cette fantaisie suggérée par le ton de *Jonas Is Born, alléluia* lui ferait un bien fou. Et à Madeleine aussi. Ça va de soi.

Au bout de la rue de la Libération, Mona tourne donc à gauche et poursuit son parcours quelques minutes encore. Soudain, elle marque un arrêt : le trottoir d'en face lui offre un paysage si inattendu ! Une bâtisse olympienne à colonnades, encagée dans un cube en verre transparent, affiche un frontispice faussement discret : CASINO. Mais plus encore que l'ultramoderne structure de l'immeuble, c'est le lac qu'il jouxte qui fascine la jeune femme. Un lac, un vrai. Vaste et bleu en ce jour de ciel sans nuages.

Un lac qui n'a rien à faire là, qu'on imaginerait bien mieux entre deux montagnes alpines et qui pourtant se déploie ici, à cinq minutes du Transilien. Une étendue d'eau, comme une parenthèse – Rosny possède bien un golf neuf trous qui verdoie entre les tours et la bretelle de l'A86 et un chapiteau qui surplombe la ville –, un temps suspendu dans les clartés indociles de cette fin de journée.

Mona passe une main dans ses cheveux, ajuste son sac à dos et traverse. Caché derrière un bouquet d'arbres en fleurs, les pilotis dans l'eau, s'érige, vaillant, le bar du Lac.

Mona grimpe les quelques marches en bois qui conduisent à l'entrée, s'engage dans la salle intérieure presque vide en cette journée de début de printemps et progresse vers la terrasse à parasols de l'autre côté de la pièce. Les serveuses affairées n'ont pas le temps d'accueillir les clients ; cela arrange Mona qui se plante sur le perron de la terrasse où, le menton haut, elle semble guetter un ami pas vu depuis longtemps au bout d'un quai de gare. Elle regrette de n'avoir pas pensé à demander à Philippe Sandre-Lévy de porter un signe distinctif. Une casquette ou une écharpe rouge. Est-il arrivé ?

À cette table, il y a un couple d'une vingtaine d'années au profil bohème ; à cette autre, un homme seul, cigarette aux lèvres, aux belles rides, bien trop âgé pour être Sandre-Lévy. À celle-ci, une famille athlétique mange des glaces chantilly avec un sens du collectif qui fait plaisir à voir. Ici encore, une femme seule boit du vin et prend des notes.

Enfin, collé à la rambarde en fer forgé qui sépare la terrasse du lac, tapi dans l'ombre d'un citronnier en pot, un homme seul est plongé dans un livre. Est-ce lui ? La quarantaine, rasé de près, cheveux bruns et broussailleux ; vu de loin, il pourrait ressembler à celui qu'elle cherche. Mona fait quelques pas dans sa direction avec l'espoir de provoquer une réaction. Mais l'homme reste très concentré, presque figé devant son livre – d'ailleurs lit-il vraiment ? On dirait bien qu'il ne tourne pas les pages… comme s'il craignait plus que tout d'être dérangé.

Mona jette un œil pour voir si quelqu'un d'autre alentour évoquerait celui qu'elle se figure être « Philippe Sandre-Lévy », mais non. Seul cet homme au visage fin, au teint mat méditerranéen, aux sourcils inclinés et aux lèvres charnues, dégage une vibration cohérente avec celle des mots qu'elle a lus. Sa belle chemise à col blanc qui déborde d'une veste sombre lui donne certes un air endimanché de mafieux sicilien, mais elle est sans doute la marque de son excentricité d'auteur.

L'homme lève enfin les yeux. Il ne la voit pas encore ; il considère les lieux. Un air boudeur émane de son expression, un embarras – cela surprend Mona qui demeure pourtant persuadée qu'il est celui qu'elle cherche. Mais elle attend encore.

L'homme la remarque enfin et la fixe si longuement que cela fait office d'immatriculation. Alors Mona rompt le flottement pénible et s'approche de la table de l'inconnu. Sans tendre la main, elle se présente, à faible voix :

— Bonjour. Je suis Mona.

L'homme se lève. Il répond :

— Philippe Sandre-Lévy.

Il a l'air d'une biche traquée en quête d'issues sylvestres. S'il pouvait s'en tenir à « bonjour merci », prendre son volume et s'enfuir, il le ferait. Mais un halo de politesse l'enveloppe telle une gangue sur son diamant brut. Il faut donc qu'il dise « asseyez-vous », « vous voulez boire quelque chose », « merci d'avoir fait le déplacement » et toutes ces choses qui prennent du temps et de l'énergie. Il s'exécute, obéissant (à qui ?), jusqu'à ce qu'une boisson soit commandée.

Pour ne pas ajouter sa propre agitation à celle, inattendue, de son interlocuteur, Mona respire ainsi qu'on le lui a appris à l'hôpital, profondément et lentement. Elle s'appuie bien sur le dossier de sa chaise. Elle se donne une contenance qu'elle espère chaleureuse. L'homme finit par articuler :

— C'est marrant que vous ayez trouvé le manuscrit… Je l'avais presque oublié.

Mona tente de capter son regard mais il file vers d'autres destinataires, les canards sur le lac, les Pédalo, la serveuse athlétique qui bondit d'une table à l'autre. La jeune femme attend que ses yeux reviennent à elle, mais ce moment n'arrive pas. Elle relance :

— Vous êtes écrivain ?

— Ah non, non, pas du tout.

— Mais... mais vous êtes quand même le « Philippe Sandre-Lévy » qui a écrit *Jonas Is Born, alléluia* ?

— Moui oui...

— ... C'est *vous* qui l'avez écrit ?

Mona reconnaît que son insistance est étrange, mais autant l'apparence physique de cet homme lui a semblé en accord avec l'image mentale qu'elle s'était faite de lui, autant, dès ses premières paroles, elle a eu la sensation d'une usurpation. À croire que le vrai « Philippe Sandre-Lévy », trop occupé par son monde intérieur pittoresque, a envoyé un émissaire pour récupérer son texte. Pourtant l'homme paraît le plus sincère du monde quand il répète « oui ». C'est bien lui. Il y a vingt ans. Son regard a ricoché sur celui de Mona et traîne à nouveau sur le lac et ses volatiles.

— Vingt ans ? Cela fait vingt ans qu'il est dans ce casier ?

— Oui. À peu près. Il faut croire.

Mona le scrute. Décidément, elle peine à associer cette énergie irritable et fuyante à celui qui écrit « chère lectrice » avec emphase, se raille des cogitations d'un hurluberlu au prénom biblique et des états intestinaux de sa voisine. Elle traque l'humour dans ses yeux, un éclair de malice peut-être, toutes ces choses qui l'ont attirée jusqu'ici.

— Vous l'avez… comment dire… écrit ou bien recopié ?

— Non, non, écrit… enfin… inventé, disons. Parce qu'écrire, c'est autre chose je crois.

Il laisse un temps puis :

— Vous ne l'avez pas lu, n'est-ce pas ?

— Non, non ! Puisque vous m'avez demandé de ne pas… j'ai… respecté.

Mona sourit pour s'empêcher de rougir. Elle enchaîne :

— Mais il s'est retrouvé là comment, ce texte ?

Philippe Sandre-Lévy soupire, puis s'excuse.

— Je… je n'aime pas me souvenir. Le passé m'angoisse.

Mona s'étonne. Cela pourrait être de l'humour cette fois, du « second degré » comme Grégory se vantait de le pratiquer sans prédisposition, mais il n'y a pas un frémissement d'autodérision chez son interlocuteur. Non. Il est tout au fond des mots qu'il prononce, sans le moindre doute. Alors soudain, c'est comme si le mot « angoisse » qu'il vient d'articuler et que Mona connaît bien tentait d'enjamber la table pour l'atteindre, elle. La jeune femme résiste, respire et hasarde :

— Mais vous l'avez écrit dans quel but, ce texte… ? C'est un roman ?

— Heu… oui, je crois. On peut dire ça…

Le ton est aussi sec et nerveux qu'une caisse claire.

— Et vous l'avez écrit pour qui... ? enfin ! Pour quoi plutôt ?

L'homme observe un enfant qui joue sur une rambarde en acier en criant « Avengers ensemble ! ». Il maugrée :

— Pardon mais c'est très inattendu pour moi de réentendre parler de *ce truc*, si longtemps après. Et... ça ne m'intéresse pas tellement.

— Ce truc ?

— Je ne crois pas qu'on puisse appeler ça autrement.

On pourrait planter un clou au bout de toutes ses phrases.

— Vraiment sans intérêt... En tout cas c'est gentil d'être venue. J'étais à Cergy-Pontoise pour le devis d'une future bar-mitsvah et ça aurait été compliqué de pousser jusqu'à Rosny, puis de rentrer à Beauvais. Je... j'ai une société de vidéos. Ma clientèle me donne souvent rendez-vous le dimanche. Je commence tôt. Le lundi aussi. Je travaille tout le temps, en fait.

Philippe Sandre-Lévy a parlé vite comme si ces informations sur lui et son programme du jour pouvaient le dispenser d'en donner sur son manuscrit et accélérer le processus. D'ailleurs il demande à Mona si elle peut lui rendre son texte. Il ne veut pas l'importuner et il doit confesser qu'il est un peu pressé.

Nerveuse, Mona entortille le coton de son jogging. Rien ne correspond à ce qu'elle avait imaginé. Où est la bonne humeur du narrateur dans les pages qu'elle a lues ? Sa confiance ? Son impertinence ? Est-ce qu'elle a affaire à un austère antipathique et obstiné qui l'a fait venir jusque-là juste pour récupérer son « truc » et partir. Il devait se douter qu'elle poserait des questions. Cet homme est si terne comparé à l'être supposé qui est parvenu à la pousser hors de chez elle. Si fermé, fantomatique et désincarné. Elle s'en veut. Elle aurait pu terminer ses travaux, lire le roman jusqu'au bout, et seulement à ce moment-là, chercher à le contacter ! Elle s'est laissé piéger par les signes qu'elle a vus dans le texte – le blues, la lectrice, les cheveux châtains, le jogging –, toutes choses que son imaginaire a digérées pour les transformer en une promesse d'avenir. Stupide.

Elle ose :

— Pardon d'insister, mais... Dites-moi juste comment il s'est retrouvé dans cette marche ce texte... Au moins ça...

Elle accompagne sa question d'un dandinement coupable mais autoritaire. Sandre-Lévy se rembrunit comme s'il n'avait pas eu d'entrave depuis longtemps. Mona tente une estocade en ajoutant :

— Je suis venue jusqu'à Enghien, quand même.

Chapitre 7

Ça se démenait sur ce terrain de basket, on aurait dit des sauterelles à casquette après une heure de pluie.

— Vas-y le petit, passe !

Jonas détestait qu'on fasse référence à sa taille. Certes les jeunes basketteurs de la cité faisaient tous une tête de plus que lui, mais ce n'était pas une raison.

— Je suis pas petit ! Je suis loin de vous !

La partie était serrée. Match nul entre les deux équipes et Jonas, plus que les autres, transpirait à grosses gouttes. On avait daigné le faire entrer en jeu pour les quinze dernières minutes et il était déjà exténué. Les bénéfices de son exercice quotidien s'étaient noyés en quatre foulées dans les tuyaux de la pompe énergétique de l'émotivité. Il était anhélant comme Sancho quand il fuit le lion sur son âne, blême et fragile.

— Il reste dix secondes ! hurla le capitaine de l'équipe tandis que le ballon était dans les mains de Jonas, figé. Un panier suffisait, mais il fallait le mettre. Passe !

— Qu'est-ce que tu fous, putain ? PASSE !

Jonas ne parvenait pas à choisir le partenaire à servir et les secondes s'égrenaient tout comme les gouttelettes sur son front.

— T'es trop loin ! T'es incapable de tirer à trois points ! PASSE !

— Hein ?

— Quelle brêle !

C'est sans doute le mot « brêle » qui servit de déclic. Pour le démentir, Jonas, pourtant distant, très distant du panier, prit une étrange décision : il tira.

C'était, chère lectrice, comme s'il avait pensé à toi au moment du shoot. Un souffle d'amour puissant propulsa le ballon sur le panneau. Puis, après une hésitation interminable sur l'arc métallique, le cuir, bon camarade, décida de sombrer dans le filet frémissant. Une sorte de clameur caverneuse s'éleva du terrain. Si les minots ne se distinguaient tous, ou presque, par une peau noire antillaise ou africaine, on aurait pu parier sur la visite inopinée des Chœurs de l'Armée rouge dans la cour de la cité Kennedy.

C'est grâce à ce bourdonnement que Jonas comprit que l'exploit était miraculeux : il avait fait gagner son équipe à la dernière seconde. Il le comprit d'autant mieux que tous les grands, et moins grands, gaillards qui arpentaient le terrain et l'insultaient jusque-là se précipitaient désormais sur lui. Par la force de la poussée du groupe, il fut acculé contre le mur de l'immeuble, étalé tel le chat Tom quand il rencontre un mur, les bras en croix, messianique.

Quand la petite troupe calmée se réunit autour de bières Corona volées au cul du camion pour fêter cette victoire inespérée, Jonas estima que le moment était idéal pour tenter de communiquer avec cette assemblée convoitée. Ils étaient pendus à ses lèvres. L'objectif était atteint. Ils seraient les premiers cobayes de sa tambouille méditative longuement mijotée.

MONA

Philippe Sandre-Lévy ne paraît décidément pas comprendre l'insistance de son interlocutrice. Une misanthropie sédimentée et têtue se débat contre sa bonne éducation. Il grommelle :

— Ce n'est pas très glorieux. Un jeu stupide avec des amis. Je ne crois pas que ça vaille la peine d'être raconté. Je préfère d'ailleurs ne pas. Comme dirait l'autre.

C'est la première expression ludique qu'emploie cet homme. Mona y voit un début d'ouverture, malgré tout. Elle relance :

— … Ah bon ? Un jeu avec des amis ou… un jeu avec une amie ?

La stupeur se lit dans les yeux de Sandre-Lévy. Il semble se demander quel est l'intérêt de cet interrogatoire. Mona se mord les lèvres pour les punir par avance des mots qui vont s'en échapper :

— Parce que vous répétez souvent « chère lectrice »…

Tant pis. C'est dit. De toute façon, il est clair que le scénario romantique auquel elle s'était accrochée pour venir ne se réalisera pas. Ce qui émane de son prince charmant du dimanche est bien trop sévère pour elle. Mona est trop fragile pour porter la susceptibilité d'un autre. Autant tout avouer.

— Comment ça, quelle lectrice ?

L'homme a scellé un pacte avec la raideur.

Le regard de Mona est désormais franc, assumé.

— Cette lectrice à qui vous vous adressiez...

— Comment le savez-vous ? Vous avez lu ?!

— J'ai *commencé* à lire.

— Je vous avais pourtant demandé de...

— J'avais commencé *avant* ! Dès que je l'ai trouvé j'ai... j'ai commencé à le feuilleter puis à le lire. Un peu.

— Mais quand je vous ai demandé, dans le message, de ne pas lire, vous...

— J'ai interrompu ma lecture, évidemment.

— Ah.

L'homme, dans un premier temps satisfait du mensonge de Mona, paraît sombrer ensuite dans les tréfonds de sa mémoire en quête des premières pages de son manuscrit. Qu'avait-il écrit ? Qu'a-t-elle pu lire exactement... ? Cet exercice l'épuise tant que ses joues rosissent et son front se met à transpirer en gouttelettes discrètes. Mona, avec sa sensibilité de dépressive, perçoit son malaise et murmure :

— Ça m'a plu, hein... C'est original !

Au lieu de rassurer Philippe Sandre-Lévy, on dirait que cette phrase l'agace. Mona a désormais un temps d'avance sur lui et il n'aime pas ça. Elle continue :

— C'est drôle.

— Drôle ?

Le visage de son interlocuteur se barricade. Le mot « drôle » fait office de cadenas. « Drôle » ? Il ne croit pas, non.

Alors Mona demande :

— Mais vous avez quelques souvenirs quand même… de votre roman ?

— Je vous ai dit que le passé m'angoissait. J'ai oublié ! J'ai oublié beaucoup de choses de cette période. Donc beaucoup de choses de ce texte. Vous avez lu… jusqu'où ?

— Le chapitre après que Jonas a mis sa tête dans le frigo.

— Jonas met sa tête dans le frigo !!?

— Ben… oui.

Sandre-Lévy semble affligé.

Chapitre 8

Jonas était assis sur un muret, près du terrain de basket, jambes écartées, déhanché, frimeur, et il pérorait. Tous les yeux des zonards étaient braqués sur lui.

Il commença par avouer qu'il les observait depuis longtemps du haut de sa tour, et qu'ils étaient foutrement beaux. Pardon s'il les choquait, mais on devait dire aux gens qu'ils étaient beaux. L'esthétique, c'était plus important qu'on ne croyait. (« Tu veux nous faire participer à un calendrier à oilpé ? » Quelques saillies inégales, dont celle-ci est un exemple, fusaient de l'assemblée. Jonas poursuivit.) Ce qu'il voulait dire, c'est qu'eux en train de jouer sur le terrain, c'était beau à voir. Pas tout le temps, parfois c'était moche et ça faisait un bruit de crapauds poissards mais d'autres fois, ça resplendissait. Et ça, la splendeur gratuite de leur partie de basket, leur art de la collaboration, leur envie effrénée de mettre le ballon dans le panier, ça, oui, c'était capital. Il les admirait de passer tant de temps à zoner ici avec ce seul dessein.

Le plus ingrat de la bande écoutait silencieusement, à la façon de la plupart de ses camarades, mais il sourcillait. Qu'est-ce qu'il baragouinait le vieux de vingt-deux piges jamais vu jusque-là... ? C'était quoi ces mots embrouillés ? Il était en train de se foutre de leur gueule ou quoi, avec son histoire de beauté ? Il le savait, lui, qu'il avait une tête de première version de portrait d'école d'art.

Jonas, qui n'était pas né de la dernière pluie (l'auteur de ces lignes promet qu'il ira chercher un jour l'origine de cette expression saugrenue[1]), perçut le frémissement de méfiance qui pointait dans les yeux du gamin et rassura derechef : quand il disait *beauté*, *esthétique*, il ne parlait pas des canons habituels de magazines genre *Têtu* ou *Vogue Hommes*.

Jonas serait bien mal placé pour deviser sur cette esthétique frivole, impermanente et calibrée des corps musclés pour la forme et non la grâce. Il parlait de la beauté esthétique de la chorégraphie, de la danse des corps qui se conjuguaient pour un but ultime. (Saillie : « J'ai jamais su conjuguer pour ma part. »)

Ils étaient beaux dans cet idéal de collaboration avec l'autre, l'*extraneus*, autrement dit l'étranger, et à chaque fois que le ballon pénétrait dans le panier, c'était un coup de

1. Cette formule date du XXe siècle et vient de l'expression « champignons nés de la dernière pluie ». Elle signifie que l'on est expérimenté.

semonce mis aux cyniques comme lui qui ne croyaient plus en rien. Ils étaient beaux parce qu'une fois dans le vif de l'action, ils oubliaient que leur partenaire les avait contrariés tout à l'heure, ou ne priait pas le même dieu qu'eux, ou avait insulté leur sœur, toutes ces mesquineries, pour ne voir que ses qualités, son habileté, sa pertinence, sa vitesse, sa force, et tout cela dans le seul but d'un truc que nul ne saura jamais : « Un panier a été marqué à la cité Kennedy... » Jonas précisa encore : plus encore qu'esthétiques, ils étaient nobles. (« Appelle-moi marquise, alors ! Fais péter l'héritage ! »)

Et tout cela, ils l'étaient en plein cœur de l'hiver, pendant que ça caillait grave, à quelques encablures du XXIe siècle, défiant par la futilité de leurs gestes la pesanteur de l'histoire !

Le jeune complexé qui était prêt à dégainer ses soupçons se reconcentra. On ne lui avait jamais parlé ainsi. Ni à ses potes, d'ailleurs. Peut-être à l'école ? Et encore... Dans ses souvenirs, quelques professeurs fabriquaient de drôles de phrases aussi, avec un ton de coq, mais ce que disait ce type, ça ressemblait à un prêche de coach exalté, ou à un son d'Eminem au plus fort de sa verve. Ce n'était pas rien de célébrer la grâce de ce qu'ils faisaient là. Il sentait bien que le type en était convaincu et, ça lui coûtait de se l'avouer, il était ému.

Jonas conclut qu'il leur balançait tout ça non pas pour les impressionner, non pas pour qu'ils se pavanent la prochaine fois en s'autocongratulant sur leur musculature, non, surtout pas, il leur balançait tout ça pour qu'ils aient conscience qu'ils étaient admirés. C'est tout. Ils étaient regardés et admirés. « "Celui qui perd l'admiration perd tout", dit – je crois – Cervantès. Je suis Cervantès, vous êtes mes muses. »

Les billes écarquillées des jeunes et le silence autorisaient un petit pas de deux. Ce dernier fut brisé par un imprudent loustic :

— Mais t'as joué au basket ou pas, au final ?

— Je te parle de trucs super importants et toi, tu me demandes si j'ai joué au basket ou non. Y a que ça qui t'intéresse ?

— Ben non mais c'est pour savoir, vu que ton panier il venait d'ailleurs.

— Je te dirai ça, frérot, mais à une seule condition : que tu me jures que ce soir avant de te coucher t'essaieras de te souvenir de mes réflexions sur la beauté, tout ça.

— Tu vas nous faire faire un devoir sur table ?

— Un putain de devoir sur table, oui. Mais on rend pas la copie.

— Pourquoi on rend pas les copies ? Tu vas pas revenir ?

— Jonas est de passage. D'ailleurs, être de passage, c'est pas une exclusivité. Vous aussi, vous êtes de passage.

Les basketteurs opinaient, intrigués.

— Et maintenant, voilà la réponse à ta question. Le panier, je sais pas de quelle façon je m'y suis pris pour le mettre. Il est sorti de ma main comme la toile de celle de Spiderman. *Miraculous*.

L'extrême vérité de la réponse parut douteuse aux basketteurs qui eurent un air entendu. Si Jonas détenait un secret, il ne le leur dirait pas.

Quand il rejoignit son antre après son face-à-face avec les badauds basketteurs, Jonas, tel Jacob après son combat avec l'ange, boitait – nous avons omis de rapporter, chère lectrice, que notre héros s'était tordu la cheville en retombant du saut magistral qui avait permis le panier à trois points – clopin-clopant, et tremblotant, il méditait : parler à des gens après des mois d'abstinence, quelle gageure ! Certes, il avait passé un bon moment, mais si c'était pour revenir chez lui à l'état de torchon, à quoi cela servait-il ? Le rire tonitruant de la technicienne de surface retentissait dans sa carcasse courbatue. « Ah ah ah ah ah ah ! Vous êtes pressé ? Mais pour aller où ?! Ah ah ah ah ah ! »

Jonas chercha une solution pour reprendre ses esprits. Il avait vu trop de monde d'un coup, c'était sûr. Il avait présumé de ses forces. Il avait chaud. Il transpirait. Son cerveau était liquide, son cœur, ce paresseux, se plaignait à coups de battoir d'avoir été remis au boulot trop brutalement. Que cet appartement était petit ! Il n'y avait pas de refuge ici pour s'isoler et faire le point. Une bonne douche, ce serait pas mal, mais il n'avait pas la force de se déshabiller, exhumer ses os de son short (dénouer ses baskets surtout, ça prend du temps, il faut tirer fort sur les lacets et ça arrache le tibia. Puis il faut affronter la désagréable sensation des chaussettes humides qui collent au pied du sportif – ainsi que l'odeur dont nous épargnons notre chère lectrice). Alors, vite, il avisa le frigo, et, suivant une inspiration bestiale, singulière, et contre-intuitive, il ouvrit la lourde porte du Bosch d'occasion et hop, il y enfonça sa tête – ça tombait bien, il était presque vide, une terrine non casher lui tenait modestement compagnie.

Qu'il faisait bon dans son frigo ! Nous devrions tous nous contraindre à cet exercice quotidien. Chercher, *stricto sensu*, à avoir la tête froide – et côtoyer, au passage, un yaourt périmé, un reste de pâtes rancies, un vieux pot à cornichons (tiens, tu es encore là toi ?) –, tout cela rend humble ! Il pourrait le notifier aux humains la prochaine fois qu'il descendrait dans le monde. Car cette fraîcheur produisit un effet prodigieux sur lui et ranima sur-le-champ son désir de contact. Oui, il fallait prendre sa part à la marche du monde. Sa voisine Suzie-Marie le lui avait rappelé en toquant à sa porte. On avait besoin les uns des autres. Son panier de basket en était le signe thaumaturgique. Il avait bien fait de descendre. La fatigue qu'il ressentait n'était que l'expression d'un effort inhabituel auquel son organisme s'habituerait comme Don Quichotte s'était adapté au poids de son armure.

Quand Jonas, notre héros à la pâle figure, ressortit la tête de son frigo, il était un autre homme. Frais, posé, déterminé. Il fallait qu'il pénètre à nouveau dans l'arène. Certes, cela lui coûterait mais, si on pouvait mettre sa tête dans le frigo de temps en temps, on ne pouvait confier éternellement ses émotions à un congélateur. Il fallait les exposer, les faire trémuler comme l'air moite des jours d'été. Les laisser se frotter à la vie de la planète. Bien sûr, Jonas aurait préféré être un esprit autosuffisant, sans émotions ronflantes, mais non. Il avait, ni plus ni moins que les autres, un corps à sécrétions, un sexe turbulent et intermittent, des doigts qui pianotent les jours d'impatience, des transports. Il devait les assumer.

Eh bien soit, sortons tout ça de temps en temps, la tête suivrait, la langue se délierait, et le prophète naîtrait à lui-même.

MONA

Mona perçoit la contrariété de son interlocuteur : il lui avait demandé de ne pas lire, elle a lu. Il a envie de s'enfuir, elle le retient. Elle lui dit que son texte la fait sourire, il se vexe. Il est irascible et pressé. C'est un comble mais c'est à elle, à peine convalescente, de le rasséréner ! Elle s'y essaie : il est cocasse son Jonas quand il met la tête dans son frigo. Comique même. Elle, elle lisait beaucoup à une époque. Elle n'y arrive plus depuis son séjour en hôpital psychiatrique et sa dépression. La jeune femme n'a pas de fausse pudeur avec ce mot qu'elle brandit aussi distraitement qu'une carte d'identité à la photo disgracieuse ; elle a du mal à se concentrer, et l'idée d'aller se frotter à des romans aux émotions fortes, aux personnages tumultueux, ça l'écrase. Mais là, c'est différent. Elle a lu les premiers chapitres sans souci. Pas seulement parce qu'elle a été troublée par certaines coïncidences. Aussi parce qu'il l'éloigne de ses humeurs noires avec son ton fantaisiste et décalé, sa prétention *teenager*, ses citations à foison qui ne se prennent pas trop au sérieux. Marrant.

Bien que toujours fuyant, Philippe Sandre-Lévy s'appuie un peu plus sur son interlocutrice, comme si ses traits allaient mettre au jour les mots « marrants » qu'il a écrits vingt ans plus tôt. Mona y voit une autorisation et s'empare de son sac à dos. Elle sort le manuscrit. Elle le fait glisser vers son auteur.

— Le voilà, d'ailleurs.

— Merci.

La main vive de Sandre-Lévy l'est pourtant moins que celle de Mona qui bloque le texte. Elle le retient.

— Je me suis arrêtée en plein milieu d'un chapitre...

Elle l'ouvre.

— C'était où déjà... ? Ici !

Et elle braque le texte vers lui.

Une femme nue au fond d'un verre de saké aurait produit le même effet sur Sandre-Lévy qui rougit et détourne les yeux. Pourtant, il ne peut s'empêcher de revenir sur la page ouverte.

Chapitre 9

Chère lectrice, tu commences à connaître Jonas. Courageux mais pas téméraire, il avait envisagé, après les heureux basketteurs de la cité, d'aller voir les sans-domicile fixe de Gagny. Ils pourraient s'avérer une assemblée attentive et plus pertinente qu'il n'y paraît. Il s'y rendit l'âme improvisatrice, aussi ingénu que ces enfants qui se proposent haut et fort pour déclamer leur poésie en oubliant qu'ils l'ont à peine apprise. Jonas, donc, ne savait pas bien ce qu'il allait manigancer dans ce quartier choisi pour sa populace fragile, mais il s'en remettait à l'effet Cocotte-Minute de son confinement. Quelque chose en sortirait forcément.

Dans cette contrée, on stationnait en buvant et en rotant devant la façade à grille descendue d'une noble soupe populaire qui ouvrirait tout à l'heure. Pour ne pas être confondu avec l'assistance (à sa décharge, Jonas s'efforçait de n'être confondu avec personne), notre extravagant avait enfilé une chemise à jabot et un gilet hérité de son grand-père ainsi qu'un pantalon en jean en hommage aux cow-boys de l'Amérique capitaliste-mais-tant-pis, et ses baskets qu'il avait pris soin de désodoriser car il n'en avait qu'une paire et il aimait sentir bon. Il s'était aspergé d'un onguent de marque qui végétait dans son placard de salle de bains, et il avait enroulé son écharpe autour du cou tel Verlaine sur la photo iconique.

Il piétinait donc là dans l'espoir d'une ouverture. Les SDF ne le considéraient pas pour l'instant. [...]

MONA

— J'en suis là. Quel olibrius, hein ?! J'avoue qu'il m'intrigue. Et plus encore, je ne sais pas si vous vous souvenez, le narrateur promet une « formule magique, un concept réparateur », j'aimerais bien…

— Je ne me souviens pas ! interrompt Philippe Sandre-Lévy.

Il reformule d'ailleurs : « Je ne *veux pas* me souvenir. » Il est très gêné qu'elle ait lu ça et en plus il doit y aller.

— Mais pourquoi avoir voulu le récupérer alors ? Vous voulez le relire ?

— Non. Ni moi, ni personne.

Il ferme le manuscrit, se lève et sort son portefeuille. Il récupère sa politesse au passage pour justifier son départ. La circulation en voiture va se densifier, et il déteste les bouchons qui lui donnent mal à la tête, au sens littéral du terme. Il souffre de migraines très invalidantes parfois accompagnées de vomissements, qui le poussent à interrompre toute activité, dont celle de conduire. Plutôt fâcheux dans les embouteillages. Il espère que Mona ne lui en veut pas de ce trop court moment et il la remercie à nouveau de s'être déplacée. Il a pensé d'ailleurs, après leur échange Instagram, qu'il avait été cavalier et qu'il aurait pu venir jusqu'à elle, mais c'était loin et ça l'aurait condamné à rentrer tard, ce qu'il n'apprécie pas le dimanche. « Le lundi, oui ? » a envie de balancer Mona mais elle retient sa langue.

La carte bleue passe sur le lecteur. L'homme est debout et laisse deux euros. L'exemplaire est glissé dans une sacoche en forçant un peu sur le cuir.

Leur rencontre s'achève donc ainsi ? Mona n'est légitime à rien. Ni à retenir cet homme, ni à réclamer plus d'attention, ni à quoi que ce soit d'autre. Elle le remercie donc bêtement, bê bê, d'avoir payé leur consommation et ce n'est pas grave ce déplacement dominical, ça lui a fait voir cette banlieue qu'elle connaissait mal, et elle comprend qu'il veuille éviter les embouteillages. Elle, elle ne conduit plus depuis longtemps, mais elle détesterait ça, même si avec la radio ça fait passer le temps. Elle aime beaucoup la radio. D'ailleurs elle se demandait, est-ce qu'il apprécie vraiment le blues ? Elle, elle adore *Smokestack Lightning*. Elle était sidérée de lire cette référence. C'était précisément le morceau qu'elle écoutait quand elle a découvert le texte. « Vous vous rendez compte ? » Elle obtient un regard vide pour toute réponse. Un arrêt sur mémoire stérile. Avait-il cité *Smokestack Lightning* ? Cette nouvelle béance paraît agacer Philippe plus encore. Vaincue, Mona se lève à son tour. Peut-être est-il attendu, d'ailleurs ? L'homme répond que

« pas particulièrement, un chat, tout au plus », puis, saisi d'une impulsion anxieuse, il demande si elle peut patienter un instant et garder ses affaires. Il a besoin de se rafraîchir avant de partir. Mona acquiesce.

Il a tout à fait la tête d'un homme qui va « se rafraîchir ».

Elle se rassoit. Malgré le plein soleil vernal, elle est triste comme au réveil d'un songe intense. Ce tête-à-tête était chargé de son avenir radieux ; Mona se retrouve dans le même état qu'avant qu'il ait lieu : seule. Les bleus du lac chatoient avec l'insolence d'un enfant qui fait la roue sur le sable chaud. La pluie irait mieux à sa nouvelle humeur. De toute façon, le printemps n'a jamais été une saison joyeuse aux yeux de Mona. Il évoque le *nagori* japonais, cette trace nostalgique de la saison précédente qui imprègne celle à peine engagée.

Elle avise la sacoche restée sur la table et serre les dents. Elle ne saura donc jamais ce que Jonas va dire aux SDF de Gagny, ni pourquoi le narrateur le qualifie de « prophète », ni quelle est cette vie d'exception promise, ni s'il va finalement coucher avec sa voisine Suzie-Marie !

Ce « Sandre-Lévy » lui déplaît. Il ne lui a posé aucune question sur elle. Il se raidit à toute évocation du passé. Il se sauve au seul prétexte d'encombrements éventuels… Et puis, qu'adviendra-t-il de *Jonas Is Born* ? Le moindre mot aperçu a semblé brûler les yeux de son auteur. Pauvre chochotte qui a peur d'être confrontée… à quoi ? À ses faiblesses de plume ? À sa légèreté d'antan ? Cette histoire, il l'a écrite. Elle existe désormais. Une hypothèse vient frapper l'esprit de Mona. Et s'il avait l'intention de la détruire ? De s'en débarrasser ? Cette probabilité la glace tant elle est envisageable. L'homme n'a-t-il pas affirmé quand elle l'a interrogé sur son désir de le relire : « Ni moi, ni personne. » ?

Sans doute parce que le narrateur charge « la lectrice » de la postérité de son récit, elle sent qu'elle ne peut pas laisser faire ça. Elle aurait dû le photocopier, ou le photographier avant de partir. Certes, elle a d'abord été impressionnée par les échos avec sa propre vie, mais ensuite... ? Pourquoi a-t-elle été si respectueuse de la consigne d'un inconnu ? Elle s'en veut, cette fois encore, de son manque d'audace. La phrase de Di Bonna, d'ailleurs, celle qu'elle n'avait pas retenue quelques mois plus tôt, lui revient à l'esprit : « *Audaces fortuna juvat* », la fortune appartient aux audacieux.

Alors, frappée d'une inspiration manifestement dictée par ces rêveries, avec une fluidité de danseuse classique rodée à son arabesque, Mona jette un œil alentours, puis saisit la sacoche de Sandre-Lévy, l'ouvre, prend le manuscrit et le glisse dans son sac à dos.

Tout aussi chirurgicale, elle referme la sacoche et s'assure qu'elle a bien récupéré sa place initiale en la décalant de quelques centimètres à gauche, non, à droite, non, plutôt à gauche. Puis, à la façon d'une comédienne qui se replace avant une prise, elle reprend sa position précédant le larcin, position qu'elle fige comme si elle jouait à un deux trois soleil.

Quand Philippe Sandre-Lévy revient, rafraîchi, Mona arbore une figure si inoffensive que n'importe quel lieutenant de police y verrait un indice. Il remercie et saisit sa sacoche sans se rendre compte de rien (l'objet étant déjà plein de plusieurs documents, il aurait fallu que l'homme soit maraîcher pour sentir au poids l'absence du manuscrit). Mona se lève. Elle serre son sac à dos contre son ventre telle une voyageuse en terre inconnue. Sandre-Lévy est si pressé de partir qu'il ne s'en étonne pas. Au revoir au revoir.

Chapitre 9 (suite)

[...]

Mille propos cognaient à la porte de Jonas et le fourbi de sa pensée représentait à ses yeux le summum du luxe et de l'excellence. Une pensée bien organisée serait un signe de faiblesse. Il n'était pas un bon élève. Il ne voulait pas être exemplaire, il voulait balancer des électrons pour créer de la matière. Ce ne serait pas à lui de décider un jour si c'était de l'or ou de l'étron.

— Tu veux un peu de ma bière ?

C'était un punk à chien qui demandait.

— Hein ? non. Jamais avant dix-huit heures.

— Ô monsieur… t'as des principes…

— Pas trop, non.

Le punk s'apprêtait à le contredire, mais Jonas enchaîna :

— Tu connais Xu Wenli ?

— … ?

— Xu Wenli l'électricien.

Après avoir fait une tête de type qui cherchait, le punk harangua quelques-uns de ses camarades de pied de grue :

— Ça vous dit quelque chose, Xu Wenli l'électricien ?

La faune se rapprocha. Qui ça ? Un Chinois ? On en voit pas des masses des Chinois ici. Surtout des électriciens. Il a fait quoi ? Il a baisé ta femme ? Ah Ah Ah Ah. Rigolades, bidonneries. On ne lui laissa pas le temps de répondre, mais Jonas mit un pied dans le silence infime qu'une respiration mal taillée avait laissé échapper.

— Xu Wenli l'électricien c'est un Chinois de Chine les gars, pas un Chinois du quartier ! Il a déjà passé treize ans en prison, le type. Ils l'ont libéré et voilà qu'ils veulent le refoutre en taule. C'est dans le journal.

Cette fois le silence but du plomb et les badauds se sondèrent. Est-ce qu'on leur parlait de politique ? De politique chinoise en plus !

— Je m'appelle Jonas, et moi non plus je ne le connais pas, Xu Wenli. Mais quand j'ai lu qu'ils voulaient lui fermer sa gueule pour dix ans de plus juste parce qu'il milite pour le Parti démocrate et qu'il a créé un journal, je me suis dit que j'allais ouvrir la mienne. Je me suis dit qu'on devrait tous jouer aux vases communicants. Tu le fais taire, je parle. Tu meurs, je nais. Tu chantes, je me tais. Tu pleures, je ris. Tu es violent, je suis doux. Tu bois, je suis sobre. Tu es doux, je suis radical. Tu es radical, je suis doux. Tu dors, je veille.

— Heu… Tu en as pour longtemps, là ?

— Laisse-le ! Il nous parle bien, laisse-le, ça nous honore.

— Pourquoi tu nous parles de ça à nous ?

— Parce que à vous ou à d'autres l'important c'est de le dire quelque part, tu comprends. Parce que toi tu seras peut-être président du monde demain, ou prêtre, ou toi tu l'évoqueras un jour de beuverie à une jeune femme perdue qui réalisera des films et cette histoire de l'électricien qui voulait créer un journal elle sera dans son film et son film il rendra heureux, offusqué ou inquiet, en tout cas il rendra « quelque chose » ceux qui le verront. Et ce quelque chose, tu vois machin – excuse-moi je t'appelle machin parce que je ne connais pas ton prénom, mais je sais que tu n'es pas un machin évidemment (rires des camarades de meute), enfin bref ce quelque chose qu'on ressent grâce à cette histoire, c'est mieux que l'article dans le journal que j'ai lu ce matin.

— Mais il va s'en sortir, ton Chinois ?

— Ah… Ce que je peux te dire, c'est qu'ils le mettent en taule alors qu'il souffre d'une hépatite B. Il est mal barré.

— Salauds…

— Je sais que tu comprends ça, toi. Il souffre d'une hépatite B et sa fille elle est aux USA et elle se bat, sa fille. Elle se bat. Elle essaie de mobiliser Amnesty truc (excusez-moi je dis truc mais c'est parce qu'international ça se la pète trop) et les cent quarante pays membres du mouvement.

— Cent quarante pays internationaux.

— Oui, mon gars. Pendant que nous on attend la soupe, il y a une fille qui se bat en Amérique pour son père électricien et qui téléphone à cent quarante pays…

— Mais à qui ? Ça a pas de téléphone, les pays. Et elle a pas le numéro des présidents.

— Il t'a dit, c'est Amnesty truc qui l'aide.

— … Exactement. Et il y a plein de gens qui essaient d'aider. Par exemple en Bretagne, il y a une dame qui vend du houx devant une basilique pour l'aider. Elle a écrit sur son panneau : pour Xu Wenli l'électricien et pour sa fille.

Un éclair de méfiance passa dans les yeux du plus vieux des badauds. (Il y a toujours un sceptique dans les assemblées, et nous ne sommes pas là pour le regretter. Le Talmud déteste quand tous les rabbins sont d'accord. Le sceptique – nous ne parlons pas d'un paranoïaque falsificateur systématique délirant évidemment – est nécessaire à notre équation multifactorielle.)

— Tu veux nous demander de l'argent pour ton Chinois imaginaire, là ?

Jonas s'insurgea.

— Auditeur injuste ! Tu te crois intelligent parce que tu soupçonnes le mal en moi ? Tu supposes que ta défiance est ta force ? Elle est ton insuffisance. Elle t'empêche de grandir. De voir qu'il y a un monde ici et maintenant où tu peux croiser des êtres tels que moi. Complexes mais authentiques.

La cohorte s'apprêta à rugir, mais Jonas continua.

— Mon Chinois n'est pas « imaginaire », mais c'est le plus beau mot que t'aies jamais employé.

Jonas consulta sa montre, écouta le tonnerre qui s'était mis à gronder pour conclure son oratorio d'une marque divine incontestable et intercepta l'instant, bien inspiré. Il se drapa dans son écharpe en déclarant :

— C'est tout. Merci.

Et il s'éloigna. Chère lectrice égarée (car je sais que tu l'es), si tu l'avais croisé ce jour-là, tu l'aurais entendu fredonner, à la façon d'un écolier en bermuda : « Tu meurs, je nais. Tu chantes, je me tais. Tu pleures, je ris. Tu es violent, je suis doux. Tu bois, je suis sobre. Tu es radical, je suis modéré. Tu dors, je veille. On veut faire taire le Chinois ? Je parle de lui. »

MONA

Mona lit. Elle a sauté dans son Transilien et elle lit. Voilà ! C'est presque une revanche. Elle a perdu une demi-journée de travail, elle a gagné un manuscrit interdit. Elle prend son temps. Elle a toute la soirée, et sans doute bien davantage. Sandre-Lévy ne va pas s'apercevoir de son délit avant d'être chez lui et s'il décidait, ce qu'elle ne croit pas une seconde au vu de ses affres intérieures, de venir tout de suite chercher son texte, elle aurait encore bien deux heures pour le terminer.

Est-ce la saveur de la transgression, la récompense de l'audace, elle est plus concentrée que tout à l'heure sur l'histoire, sur les mots. Comme avant la maladie, elle en murmure certains à haute voix pour sceller les retrouvailles après une si longue absence. Il n'y a presque personne dans le wagon, alors elle se laisse aller. Décidément, elle aime la sensualité de certaines sonorités, les tournures inattendues. Son cœur bat, son ventre est chaud, son œil brille. Ce Jonas la désarçonne, mais avec ce « chère lectrice » elle se sent si liée à lui qu'elle a besoin de le suivre. Lire des romans lui a manqué ! Elle se laisse aspirer par ce monde imaginaire et l'envie de savoir. Elle est une vieille bicyclette rouillée et sa lecture grince. Il faut parfois reprendre quelques lignes plus haut, revenir en arrière. Elle déguste. Elle sourit. Elle s'étonne. Elle succombe à une légère euphorie.

Chapitre 10

Jonas fourra sa tête dans le frigo pour se remettre de ses émotions avec les SDF.

(Lectrice, je m'inquiète. Peut-être n'attends-tu qu'une chose : le retour de Suzie-Marie, la voisine, dans la vie de Jonas. Je lis moi aussi des romans – bon, d'accord, ça ne fait pas longtemps – et je sais à quel point, même si l'époque veut qu'on se détourne des coucheries avec un air soit pudibond, soit dédaigneux, soit révolté, soit politique, je sais à quel point ce détail compte, tant pour l'équilibre d'un récit que pour la survie de l'espèce. Je te rassure : Suzie-Marie *is coming back soon*. Suzie-Marie revient bientôt ! Mais pas tout de suite.)

Jonas fourra sa tête dans le frigo. En effet, le chapitre précédent ne l'a pas précisé, mais notre héros avait dû quitter les lieux en courant vite, très vite, non pas à cause des vagabonds plutôt séduits par son happening mais à cause du chien de punk lâché inopportunément et à qui la tête de Jonas ne revenait pas. L'animal, plus véloce que notre héros, avait planté ses crocs dans son pantalon et avait attendu son maître. Jonas ne parlait pas le chien mais il avait quand même compris ce que le canin lui disait en substance (à moins que ce ne soit son maître ?) : « Ne te mêle pas de notre misère, n'essaie même pas. Occupe-toi de ta chemise à jabot et de ta poésie si tu veux, mais ne viens pas manger notre soupe à la soupe populaire ; tu n'as pas ta place ici, ça se voit dans tes yeux. Raconte des histoires de Chinois si tu veux, ou toute autre histoire, mais laisse notre détresse, notre puanteur, notre dignité, laisse notre néant se débrouiller tout seul. Ou bien reste avec nous ici, demeure, crève avec nous et alors là d'accord, on écoutera tes chansons, on les chantera à la tierce avec toi sous les balcons des présidents impuissants. Sinon, merci pour ce que tu as fait mais ne le refais plus. »

Le précédent chapitre ne le dit pas non plus mais Jonas n'avait pas pu bien écouter le monologue du chien à punk car, s'il avait lâché son pantalon, l'animal continuait de montrer ses crocs, dans un grognement pas très amène.

Loin de moi l'envie de stigmatiser le manque de bravoure de notre héros, mais il faut avouer qu'il avait préféré faire de grands sourires à l'animal et à son maître, comme si montrer ses dents pouvait atténuer la franche hostilité du moment. L'effort que demanda ce sourire figé empêcha toute recherche d'un sens valide aux borborygmes des contradicteurs.

Cet épisode tumultueux, ramassis d'émotions intenses, réclamait un petit rafraîchissement.

Tête dans le frigo donc.

Pâtes au fromage.

Pyjama couette.

Radio intello.

Changement de station pour une pause variété chanson française.

Retour radio intello.

Fin de radio.

Petite branlette quand même histoire de ne pas perdre la main.

Dodo.

Demain repos. Mais après-demain, il redescend. Promis.

PHILIPPE SANDRE-LÉVY

Philippe Sandre-Lévy est au volant de sa Peugeot 2008, au premier sous-sol du parking d'Enghien, et il tarde à démarrer. La sacoche et – croit-il – son manuscrit sont posés sur la place passager. Il respire aussi fort qu'un joggeur qui a perdu le rythme. Il se connaît, l'agitation dans son thorax d'ultrasensible ne se calmera qu'après un rapide examen de la situation : il est triste. Il est tourmenté. Il est en colère. Pourquoi ? Que vient-il de se passer ? Il a rencontré une femme qui a accédé à un texte écrit par lui il y a des années. Elle lui a avoué avoir lu quelques pages de ce texte. Première contrariété. Elle a dit que cela l'avait amusée mais a semblé déçue par ce rendez-vous dont elle s'était fait une montagne à cause de quelques malheureuses coïncidences. Deuxième contrariété. Elle espérait gagner Molière, elle décroche le Misanthrope. Ah ah ! Alceste Sandre-Lévy. Enchanté.

Ses yeux fixent la sacoche à sa droite.

Il y a un roman là-dedans. Un roman dont il a tout oublié, ou presque, mais dont le peu qu'il a entrevu à l'instant le confronte à ce qu'il déteste : ses souvenirs. L'appartement de Rosny. Rachid,

Florian, Martin, Audrey, ses amis de l'époque. Toute cette période qu'il a enfouie, trace d'un temps insouciant qui n'est plus et qu'il n'a jamais voulu reconvoquer. Il n'a jamais aimé ces dîners de copains, aux anecdotes mille fois répétées, déformées, aux fous rires exagérés. Ce qui est passé est passé. Il n'est d'ailleurs plus du tout en lien avec ceux qui l'entouraient au moment de ce texte. L'annonce de la mort prématurée de Martin il y a six mois lui avait fait de la peine. Il s'était presque demandé pourquoi. Il ne le voyait plus depuis longtemps. Tout cela est si vague.

Bon. Il faut sortir de ce parking. Voir les derniers rayons du soleil. Rouler vers chez lui. Se dépêtrer de cette contrariété.

Sandre-Lévy démarre, aussi satisfait qu'une grenouille exilée qui va rejoindre son eau trouble et tiède.

Chapitre 11

Jonas ne pouvait plus reculer. Il devait poursuivre. Diffuser ce qu'il savait, ce qu'il sentait, dans le monde des vivants. Or que savait-il, que sentait-il ? Heu… Il ne parvenait pas à le dire. Il ne parvenait pas non plus vraiment à établir un lien entre sa première et sa deuxième action. Mais le jeune aventureux continuait de se fier à son inspiration. Jonas n'était pas de ceux qui ont été bercés trop près du mur, sa matière grise fonctionnait à haute intensité et il n'essayait pas d'en avoir la maîtrise. Le sens ultime, le sens essentiel de ses actions, émergerait sans doute en effluves puissants et incontournables : la fleur ne réfléchit pas au parfum qu'elle répand.

Transition toute trouvée pour narrer, chère lectrice, la dernière action de Jonas avant sa mutation – non qu'il y fût question de fleurs, ni d'effluves puissants et incontournables, mais ton serviteur a subitement très envie d'utiliser l'expression : « transition toute trouvée ».

La sortie eut lieu un samedi à seize heures. Jonas mit dans un premier temps son plus beau costume sans cravate – celui de sa bar-mitsvah car le drame de Jonas était de n'avoir pas grandi depuis sa bar-mitsvah, âge auquel il avait atteint ses 1,72 mètre définitifs –, mais changea d'avis pour cette même raison : il ressemblait trop à un prépubère un jour de fête. Il préféra donc son attirail jean-pull-baskets sur lequel il enfila un long manteau marron à la Eastwood qu'il affectionnait particulièrement, et dont le cuir usé paraissait attester du vécu et de la sagesse de l'homme à l'intérieur. Puis il descendit de sa tour, muni d'un chapeau haut-de-forme rempli de petits papiers pliés. Oui, lectrice, tu as bien lu, Jonas mit des petits papiers pliés dans un chapeau haut de forme et se dirigea vers la ville.

Il décida cette fois encore de ne pas aller trop loin. Il descendit vers le centre du bourg rosnéen qu'il pouvait rallier en une vingtaine de minutes s'il marchait d'un pas alerte. Le froid n'était pas dissuasif en ce 20 décembre de l'an 2000 et les badauds étaient nombreux à s'enguirlander, à s'enchocolater, à s'empaqueter à la perspective de Noël sans mesurer, pauvres naïfs, que l'entrée irrémédiable dans le XXIe siècle était à quelques encablures et rien n'excluait une fin du monde imminente. Jonas, cela dit, ne donnait pas foi à cette croyance. La fin du monde était certaine, mais il ne la verrait pas. Et toi non plus lectrice, ne rêve pas, même si tu viens de naître. Cet événement qui te permettrait de ne pas mourir seule dans ton coin mais en communion avec l'espèce humaine tout entière est réservé à une génération tellement future que ton esprit ne peut la concevoir. Ce n'est donc pas à cette ultime génération que Jonas songeait, mais plutôt à la sienne, et aux nombreux vivants qui la côtoyaient. Il estimait désormais, tu le sais, qu'il ne devait pas se résoudre à ce que sa philosophie non identifiée croupisse dans un appartement. Si elle ne servait à rien, il devait pouvoir se vanter au moins de l'avoir lancée dans le monde d'une façon ou d'une autre. « Pour aller où ? Nulle part. » D'accord, mais dans l'intervalle, il aurait agi.

Il s'était donc posté devant le Lidl de la rue de l'Église où il se rendait fréquemment. Aussi curieux que cela puisse paraître, il jouxtait un Super U dans lequel Jonas ne mettait jamais les pieds. Un peu comme dans cette blague juive que je m'empresse de te raconter ici, lectrice, car nous nous targuons de ne pas être agressif, jamais, mais transgressif et digressif, oui ! C'est l'histoire de David qui fait naufrage sur une île déserte. En bon Robinson Crusoé, il organise son espace pour pouvoir survivre. Quinze ans plus tard, on le retrouve, barbu, musclé, chevelu, mais bien vivant. C'est un événement majeur que les médias couvrent avec avidité. Il explique qu'il a survécu en concevant son îlot à l'instar d'une cité, avec ses noms de rues, ses installations. On lui demande s'il accepte de faire visiter, ce qu'il accorde volontiers. « Ici, j'ai installé ma maison, dit David. Ici, le lieu d'études. L'université en quelque sorte. Ici, j'ai construit le hangar (mon supermarché), ici, j'ai fait la synagogue, ici, j'ai fait une autre synagogue... — Deux synagogues ? s'étonnent les journalistes. — Oui, dit David, mais à celle-là, j'y mets jamais les pieds... »

Permets-moi de laisser un espace-temps chère lectrice pour te laisser méditer – et qui sait, sourire – à cette histoire, avant de reprendre la mienne.

Espace-temps.

C'est donc devant le Lidl que notre Jonas se posta. Il portait ses écouteurs sur les oreilles car son courage avait besoin d'être maintenu par une pulsation blues dynamisante et il avait choisi John Lee Hooker et son *Boom Boom* voix-guitare, en premier lieu.

Il était 16 h 30 et, aussi raide qu'une pente de l'Alpe-d'Huez, sourire neutre, sourcil haut et mystérieux, Jonas, près des portes coulissantes du magasin, tendit son chapeau aux clients. Son attitude leur suggérait d'y piocher un des petits papiers pliés. La masse humaine, effrayée par l'exercice, préférait passer son chemin ou décliner d'un paresseux « Non merci... », mais quelquefois le passant amusé et musard s'arrêtait et piochait. Or, ô surprise, ou ô déception, le petit papier ne contenait pas de message prémonitoire ou de mots doux délicieux. Il était vierge. Le piocheur s'en étonnait et s'exclamait généralement : « Il n'y a rien d'écrit ! », ce à quoi notre Jonas satisfait objectait :

— Mais si, si, il il il y a é-é-é-crit quelque chose.

Nous avons omis de préciser qu'un étrange phénomène se passa ce jour-là : Jonas se mit à bégayer, comme Moshé – ou Moïse pour les non-hébraïsants. Je rassure la lectrice inquiète, cela ne se produisit que durant son happening, mais cela lui donna une lenteur qui participa sans aucun doute à l'originalité de l'expérience.

— Ah bon ? Je ne vois rien d'écrit ! disait le passant.

— Il il il y a é-é-é-écrit ce que vous vou-vou-lez. Que vou-voulez-vous écrire ? rétorquait Jonas.

Et il exhortait ainsi les joueurs à lui confier, en un mot ou en mille, ce qu'ils aimeraient écrire sur ce papier, là, maintenant, tout de suite, en toute liberté.

Voici une sélection des réponses obtenues par notre héros ce jour-là, relatées ici dans le désordre.

Une petite fille répondit :

— J'aimerais écrire : « je t'aime maman. »

— C'est... c'est un peu peu court, non ?

— Mais il n'y a pas la place pour écrire plus !

— C'est c'est c'est juste.

— Je peux ?

Il acquiesça.

— Pour de faux ?

Il acquiesça encore. Alors la petite fille écrivit avec un stylo imaginaire sur le papier blanc.

Une dame âgée à carré Hermès répondit (en substance) :

— Je veux écrire « vivement la mort » sur votre papier. Ah ah ça vous intrigue hein ? Vous ne savez pas qui je suis, mais j'ai bien vécu. Vous savez qui je suis ? (Jonas fit non de la tête.) Eh bien je peux juste vous dire qu'à une époque, vous l'auriez su. Combien je mesure à votre avis ?

— Un mè-mè-tre soix...

— Un mètre quatre-vingts ! Taille mannequin jeune homme. J'ai perdu quelques centimètres en route mais à l'époque vous m'auriez remarquée, pas seulement dans la rue, mais sur les affiches aussi. Et pas pour les pubs Lidl, sans vous offenser. Il y a même un chanteur qui a écrit une chanson pour moi. Enfin pour ma photo. Il était sur un quai de métro et il rêvait que je sorte de l'affiche pour partir avec lui. Ah ! Ça vous surprend, bel original ? Vous voyez, là (elle soulève sa frange pour montrer le haut de son crâne) j'ai tenté le lifting, mais c'est approximatif. Je n'avais pas assez de moyens pour peaufiner, alors ça donne ça. « Vivement la mort », parce que ma vie elle est derrière et que quand on a su inspirer le vibrato des hommes troubadours, on en crève de ne plus y parvenir…

Jonas, du fait de son bégaiement, ne put que recueillir les réponses avec la neutralité d'un sociologue, sobre et satisfait. Il laissa donc la femme déchue repartir en murmurant : « Vivement la mort, c'est ce qu'il y a écrit sur mon papier. »

Un quinquagénaire répondit (en substance encore) :

— J'écrirais « ta gueule » sur ton billet blanc. Pourquoi ? Parce qu'avec ton chapeau et ton manteau de cow-boy tu me fais penser au mec qui m'a violé quand j'étais gamin. Un animateur de colo qui se croyait plus drôle que les autres. Le soir il me proposait d'aller fumer une clope avec lui et il m'enfilait, le salaud. Je le prenais dans ma bouche en guise de clope. Tu me demandes ce que j'écrirais. Je te dis ce que j'écrirais.

Bien que remué, Jonas garda sa neutralité helvète.

Une jeune femme à la maigreur troublante répondit :

— J'écrirais : « Je regrette. »

Elle n'ajouta rien. Jonas murmura :

— Mais... mais... c'est tttout ?

— Oui. C'est tout. « Je regrette. »

Un adolescent à peau noire et jogging répondit :

— J'écrirais un truc du genre : « Ça se passera bien, Lucien, ta vie, ne t'inquiète pas. Tu y arriveras. Persévère, mec, persévère. »

— C'est... c'est toi Lu-Lucien ?

— Ben ouais.

Une jeune femme obèse de vingt ans à peine piocha trois papiers car, annonça-t-elle, il fallait de la place pour son poème (que Jonas la soupçonna d'avoir déjà écrit, car improviser ainsi lui paraissait suspect). Elle déclama :

— J'aime butiner dans les squares
Jeune femme badine sur balançoire
Je suis coquine sans le savoir
J'aime les histoires d'amour d'un soir
Les gars, les trans ou les cougars
J'aime bouquiner dans les squares.
Ça te plaît ?

— Tout tout tout à fait, reconnut Jonas. Mais... c'est butiner ou ou ou bbbouquiner ?

— Les deux. J'arrive pas à choisir.

Ses petits papiers s'écoulèrent à un rythme varié. Certaines longues minutes passaient sans que personne ne s'intéressât à son chapeau, mais il suffisait parfois d'un curieux pour qu'un attroupement se fît et qu'une séquence de pioche fertile se déclenchât. Son action fut un instant importunée par deux collégiens en vacances qui avaient chipé des papiers par poignées et étaient partis en courant. Qu'à cela ne tienne, Jonas en avait d'autres dans son sac à dos ! Il s'était installé le matin même sur le parquet de l'appartement et, avec l'application d'un puzzliste, il avait préparé ses papillons sans lésiner, un à un, en les étalant autour de lui comme s'il faisait un happening au musée de la Fleur d'Ollioules. Il mit donc sa recharge dans le chapeau et la séance reprit.

Au bout d'une heure et demie d'exhibition environ, Jonas estima que cela suffisait. Il coiffa son chapeau haut-de-forme, et digne, rentra chez lui.

MONA

John Lee Hooker dans le casque ! Mona lève les yeux du manuscrit. Comment l'homme austère qu'elle vient de rencontrer a pu donner de si bonnes références à son personnage ?

Elle se demande si elle aurait osé piocher dans le chapeau de Jonas, et ce qu'elle aurait écrit. Sans aucun doute, quelque chose en lien avec Madeleine. Pourquoi pas le *Don't Look Back* de John Lee Hooker, justement. Ne regarde pas en arrière. Ou mieux encore : ce titre d'Eddie Taylor : *You'll Always Have a Home*. Tu auras toujours une maison. Désormais. Mon enfant.

Distraite par un souffle de chagrin, elle ne revient pas immédiatement à sa lecture. Elle préfère s'attarder encore un peu sur les agglomérations floues qui fuient par la vitre poussiéreuse.

PHILIPPE SANDRE-LÉVY

Depuis qu'il a quitté Enghien, Philippe Sandre-Lévy n'a pas fait plus de deux kilomètres. Les parechocs s'abouchent comme des wagonnets pour former une chenille interminable et vrombissante.

Cela débute par de petits picotements sur la tempe droite. Le conducteur les reconnaît. Ils seront vite suivis d'une douleur pulsatile et d'une barre qui traverse le crâne. À ce stade, la céphalée entame juste sa traversée d'une tempe à l'autre. Sandre-Lévy sait qu'une fois à destination, le mal de tête s'installera et ne le quittera plus, sauf à s'imbiber de Doliprane et d'alcool, ce qu'il lui arrive de faire séparément ou simultanément.

Il s'en veut. Il n'aurait pas dû ajouter ce rendez-vous intempestif à sa journée en Île-de-France. Il était pourtant sûr qu'à cette heure-ci la circulation vers Beauvais serait fluide. Dans l'autre sens, les voitures filent. Il y a sans doute un accident, ou une sortie fermée, ou un quelconque emmerdement auquel il préfère ne pas penser de peur d'aggraver sa contrariété.

Dans la famille Sandre-Lévy, on s'y connaît en « contrariétés ». En « chocs » et en « contrariétés ». Durant son enfance, ces deux mots devaient être prononcés quotidiennement pour avoir la sensation de ne pas avoir traversé une journée vaine. Avec des « chocs » et des « contrariétés », chez les Sandre-Lévy, on se sentait en vie et on se couchait contents. En général, Louise et Marc, les parents de Philippe, étaient « choqués » ou « contrariés » par des faits d'actualité, des paroles d'hommes politiques, des trahisons militantes, des verdicts de justice. Activistes communistes convaincus (les derniers du pays à l'époque sans doute), antireligieux jusqu'au bout des ongles, ils vivaient du salaire que leur versait le Secours populaire de Rouen – où il a grandi – pour tenir la permanence. De son côté, le Parti communiste leur donnait quelques billets supplémentaires pour les très nombreux services rendus à la cause. La précarité dans laquelle ils vivaient leur apparaissait si peu comparable à celle, vertigineuse, des cas auxquels ils avaient affaire qu'ils se qualifiaient de « riches » et interdisaient à quiconque de se plaindre. Le petit Philippe y croyait et ne pouvait nier qu'il mangeait bien et partait en colonie de vacances avec les autres sans voir de différence. La maison était donc abreuvée de colère et d'indignation, le repas était servi dans une ambiance de surenchères d'analyse et d'élaboration de courriers révoltés qu'ils enverraient au gouvernement. C'était vivant, mais ça ne rigolait pas. Au contraire. Quiconque tentait de s'amuser quand le monde courait à sa perte était un égoïste ou un séditieux. Pour Louise et Marc, le destin de Philippe était tout tracé : il serait abbé Pierre. Version laïque-circoncis.

Sa grand-mère, en revanche, chez qui il allait souvent, abordait la misère de la nature humaine à grand renfort de facétie. Cette femme juive, pratiquante à sa façon, pouvait éclater de rire quand elle voyait Le Pen à la télé parler de détail de l'histoire. « Qu'il est con mais qu'il est con ! » décochait-elle sans cesser de s'esclaffer, allant même, malgré son petit gabarit, jusqu'à l'imiter en se levant et en arpentant la pièce à la Charlie Chaplin. Philippe riait et elle finissait de le nourrir – « nous-rire », a-t-il osé un jour en hommage aux diverses interprétations ludo-linguistiques du Talmud et de son descendant Sigmund Freud – de gâteau au fromage autant que d'Ernst Lubitsch et de Billy Wilder dont elle chargeait les vieilles cassettes VHS dans son magnétoscope. Avec elle, Philippe faisait shabbat en cachette et allumait les bougies de Hanoukka. « Ne le dis pas à tes parents ils vont me tuer », lui intimait-elle. Car Louise, sa fille, et Marc (un sépharade qui a légué à Philippe sa chevelure noire) avaient décrété que les religions, toutes, étaient des prisons de l'esprit, des machines à oppression, et ils voulaient plus que tout préserver leur enfant de leur influence. Ma'Ida s'efforçait donc de transmettre en douce à son petit-fils les rudiments de son héritage culturel. Elle lui lisait des histoires le soir, extraites du Talmud, en lui vantant les mérites de la diversité des interprétations : « Rabbi Eliezer ben Horkenos n'est pas d'accord avec rabbi Yehoshua qui est soutenu par rabbi Yrmiahu. Moi je vote Yrmiahu, mais ne le dis pas à tes parents ! » D'une intelligence vive bien que n'étant pas allée à d'autres écoles que celle de la synagogue, Ma'Ida parvenait toujours à envisager les événements sous un angle plus surprenant que Louise et Marc, trop formatés par un militantisme jumelé à des raisonnements réflexes auxquels, peu à peu, Philippe n'adhéra plus. Comme beaucoup d'êtres humains, il mesura en grandissant les limites de ses parents, et plus encore lorsqu'ils traversèrent une crise de couple si tragique et farfelue qu'ils perdirent les derniers roubles de crédit qu'ils avaient sur leur fils, et les derniers roubles qu'ils avaient tout court d'ailleurs, laissant exploser aux yeux du jeune Philippe la grande instabilité financière dans laquelle il vivait. Louise, en avance sur son temps, était sûre qu'il fallait diminuer les émissions de CO_2, et avait investi leurs maigres économies, en cachette de son mari, dans une société de trottinettes électriques ; ce fut un fiasco dont Marc, une fois la fureur passée, se gaussa longtemps. Louise a retrouvé sa dignité – mais pas son pécule – quinze ans plus tard, quand l'accessoire est devenu tendance. Des dettes de toutes parts, des huissiers quelquefois, des fins de mois difficiles et toujours des « chocs » et des « contrariétés » qui n'étaient même plus compensés par l'amour familial et la solidarité.

Philippe, malgré sa passion du cinéma, finit par annoncer à ses parents qu'il allait s'inscrire dans une école de commerce. Il n'en pouvait plus de vivre dans l'insécurité. Louise et Marc qui se querellaient désormais sur tout se rejoignirent pourtant sur ce point : leur fils voulait les envoyer dans la tombe ! Il trahissait la cause. Il tombait dans l'escarcelle du capitalisme. Il reniait ses origines révolutionnaires. Quand il annonça son choix d'orientation à sa grand-mère, elle s'esclaffa « Tu n'en peux plus de vivre dans l'insécurité ? Mais ça ne fait que commencer, Yékiri ! » Et elle ajouta qu'avec lui, les antisémites allaient être contents. Ils pourraient dire que même pauvres et communistes, les juifs choisissent l'argent. Philippe lui rappela qu'il n'était juif que lorsqu'il était chez elle, ce à quoi elle rétorqua : « Tu l'expliqueras à ton futur agresseur, jeune Philippe Lévy. » Elle lui demanda quand même s'il n'était pas « trop sensible et trop révolté » pour le milieu du commerce. Philippe répondit qu'il l'était, mais il se servirait de ses bénéfices pour accomplir de bonnes actions. Des *mitsvot*, comme sa grand-mère en effectuait régulièrement. « Ne t'inquiète pas, Ma'Ida. Mes parents sont épuisés à cause de leurs difficultés financières, moi, je veux avoir une vie sereine. »

Accroché à son volant, le quadragénaire se souvient qu'il avait lu à sa grand-mère quelques passages du manuscrit en cours d'écriture. Cela donnait de la matière à leurs appels téléphoniques. Il croit se rappeler qu'en bonne « mama » elle avait été dithyrambique. Un peu à la façon de Rachid, le plus intellectuel de la bande, qui, quand il lui avait lu sa prose, avait jugé son texte « intrinsèquement génial » et s'était opposé avec ferveur à Martin et Florian qui eux le définissaient comme « intrinsèquement nul à chier ».

C'était un leader, Rachid, courageux et effronté. Il ne craignait pas de déclarer sa flamme aux filles ; il avait ainsi assumé sans complexe une histoire intense et crue avec une médecin trentenaire délurée. Il tenait la dragée haute aux forces de l'ordre. Il ne reculait pas non plus devant les requêtes à l'administration de l'école. Lui et Martin s'étaient fait un point d'honneur de maintenir éveillé l'esprit critique du groupe. Sandre-Lévy se souvient du jour où ils avaient rédigé une pétition pour exiger du corps professoral d'inclure un vrai cursus philosophique à leur formation. Les basiques commerciaux (comptabilité, gestion, finance) étaient indispensables, certes, mais insuffisants. On ne pouvait les priver de philosophie ! Adam Smith et Marx avaient étudié la philosophie. On voulait faire d'eux des calculettes sur pattes, incultes et automates, irresponsables, sans conscience, des hommes d'affaires, des businessmen caricaturaux, alors qu'on entrait – et ce n'était pas eux qui le disaient – dans un siècle qui serait spirituel ou ne serait pas ! Le directeur de la formation avait suggéré à Rachid de monter sa propre école dont il était impatient d'observer les résultats. En attendant, il lui recommandait de bosser un peu plus les statistiques, parce que ce ne serait pas avec son 9,5/20 de moyenne qu'il révolutionnerait les transactions internationales.

Rachid était si furieux que la discussion s'était poursuivie dans l'appartement de Rosny. Quelle bande de nases ! Sandre-Lévy et Martin avaient chevauché la colère de leur camarade et pris le relais. Ils avaient honni l'autorité méprisante des cadres de l'école. Leurs soi-disant enseignants qui ne voyaient pas que l'époque changeait, qu'elle avait besoin de sens, qu'on n'était plus dans l'ère sans foi ni loi des Tapie ou Berlusconi. Depuis des décennies les écoles de commerce, et pas seulement la leur, non, toutes, à tous niveaux, se révélaient les ignobles complices de la destruction d'une discipline dont la noblesse s'était perdue dans l'appât du gain. Oui, le commerce était une noble discipline et l'enseignement que leurs aînés prodiguaient n'était pas pour rien dans l'opprobre qu'il suscitait aujourd'hui. Ils en étaient responsables, même, autant que l'abruti qui avait inventé le mot « négoce », dont l'étymologie *neg-otium*, négation du loisir, donnait envie de le pratiquer comme de se pendre ! Plus encore lorsqu'on apprenait qu'au sens aristocratique du terme, le loisir était ce temps que l'on consacre au bien commun, à la réflexion, à la philosophie, donc. Au sens étymologique, le négociant est celui qui n'a plus le temps d'œuvrer au collectif. Il fallait tout remettre à plat, rebaptiser tout ça, recommencer !

Ils avaient poursuivi leur mise à l'échafaud en se gaussant de l'ignorance dans laquelle on les laissait patauger : un cours sur Max Weber et l'éthique protestante ou l'esprit du capitalisme ? Surtout pas ! Ça pourrait les intéresser ! Un cours sur Spinoza, l'épicier juif devenu philosophe ? Encore moins ! Un cours sur le déclin du keynésianisme ? Démerde-toi ! Et quand Audrey, leur voisine de palier, les avait rejoints (ils croyaient pourtant avoir épuisé leur ire), elle avait ajouté qu'il y avait chez Jane Austen et Eliza Parsons de magnifiques pages sur le commerce... Qui ça ? Qu'importe !? Ne rêvons pas ! Littérature, romantisme et commerce, passionnant sujet : que nenni ! Rien ! *Nada !* L'Éducation nationale était bien trop pusillanime pour se risquer sur ces terres novatrices et oser la rupture. Elle voulait mettre ses marchands au garde-à-vous, bourrins exemplaires, comme on le fait avec des soldats de premier grade.

Florian, le discret, qui n'avait pas dit grand-chose et écoutait ses petits camarades déchiqueter leurs aînés, avait fini par balancer : « Vous savez à quoi vous me faites penser ? » Ils avaient fait non de la tête. « À des élus municipaux sûrs de leur idée : mettre des pots de fleurs odorantes autour de la pissotière du centre-ville. » La petite bande ne comprenait pas ; il avait précisé : « Ce à quoi nous nous destinons pue parfois, c'est ainsi, et ce n'est pas votre coup de spray philosophique qui changera quoi que ce soit. La vérité, c'est qu'on a choisi le monde des transactions parce qu'on veut bien gagner notre vie, *a minima*. Et entrer en Bourse, *a maxima*. Tout le reste est littérature. »

Rachid s'était insurgé et avait abattu le couperet sur le cou gracile de Florian : il n'avait pas accès à la complexité. Il se contentait de ses grandes aptitudes en mathématiques et de son hypermnésie insolente des chiffres pour s'économiser l'esprit frondeur indispensable à leur âge. Il se soumettait à vingt-deux ans au diktat du succès obligatoire. Il doutait que ça fasse de lui un homme heureux. Pour toute réponse, Florian, qui ne guerroyait jamais, se saisit nonchalamment d'une image qui traînait sur la table... et la décalqua. La discussion s'arrêta là.

Sandre-Lévy ébauche un sourire. Florian décalquait. Tout ce qu'il pouvait décalquer, il le décalquait. Il fabriquait même son propre papier-calque, à la façon du maître en la matière, assurait-il, le peintre Cennino Cennini qui avait expliqué dans son traité *Il libro dell'arte* qu'il suffisait de prendre un papier fin, net et bien blanc, et de l'enduire d'huile de lin. On pouvait aussi le plonger quelques secondes dans de l'acide sulfurique, car l'acide dégrade une partie de la cellulose en éliminant l'air entre les fibres, mais Florian préférait la méthode Cennino. Il avait élaboré une théorie sur la décalcomanie : ce n'était pas un art de reproduction, c'était un art de méditation. Celui qui décalquait ne recopiait pas, il *était* son sujet. Il l'absorbait en quelque sorte. Plus la recopie était précise, plus le décalcomaniaque – il avait inventé fièrement ce mot, soulignant qu'il manquait à la langue française – était enrichi de son œuvre.

Sandre-Lévy regarde à nouveau la sacoche. Il s'étonne de la précision de ses souvenirs. Le manuscrit est bien enfermé et il parvient malgré tout à dégager des effluves nostalgiques. Il se déteste avec son petit sourire niais de *regretteur d'hier*.

Ce roman raconte l'histoire de Jonas peut-être, mais il en trimballe une autre, non écrite, intime, que ce texte, par sa simple existence, l'incite à « relire ». Cette période ancienne surgit parfois dans ses rêves, déformée, imprégnée d'un voile de brume ou d'une lumière trop crue, inexacte et distordue. Cette « relecture » nocturne et inconsciente suffit à Sandre-Lévy. Il ne veut pas d'une autre. Les quelques lignes aperçues et tout ce qu'il ressent depuis le lui confirment : il va le jeter. Il est sûr de lui, bienheureux de l'avoir récupéré. Car même s'il n'est en rien autobiographique – à l'exception du personnage de Suzie-Marie, photocopie assumée de sa voisine Audrey dont il était fou amoureux et à qui ce texte était adressé –, il aurait été très mal à l'aise à l'idée que cette Mona pénètre dans cette trace inutile de son passé.

La circulation est à l'arrêt.

La barre de migraine progresse sur le front de Sandre-Lévy, lentement et sûrement, tel un document qu'on télécharge.

Cela pourrait être le moment de commencer à déchirer ce truc. Se rendre utile plutôt que d'endurer les gaz d'échappement et la pollution sonore… Oui, il va procéder à son élimination méthodique. Il en éprouve déjà une sensation enfantine de triomphe.

Sa main droite accède presque à tâtons à la sacoche en cuir. Le fermoir tuck résiste, et les doigts s'y escriment un long moment. Quand l'attache cède enfin, ils élargissent le cuir. Ils cherchent au toucher le carton et la reliure du manuscrit, sans succès. Sandre-Lévy jette un œil. Aucune spirale ne se détache de ses dossiers. L'avait-il rangé dans l'autre sens ? D'un geste nerveux, il sort tous les documents du cartable, les retourne, les retourne à nouveau pour arriver à ce constat implacable : le manuscrit n'y est plus.

Le « choc » et la « contrariété » s'inscrivent aussitôt sur le visage de l'homme. Comment est-ce possible ?

Il n'a pas rouvert sa sacoche depuis qu'il a mis le manuscrit à l'intérieur. Il est allé tout droit à sa voiture, il n'a pas pu tomber – puisque le fermoir était solidement bloqué et, s'il avait dû glisser, les autres documents auraient glissé aussi ; personne n'a pu le lui voler sur un si court trajet… À part…

À part, évidemment…

Quand il est allé aux lavabos…

Cette femme… Cette femme impossible ! Mona Frame.

Chapitre 12

L'ingénieux Jonas n'était pas peu fier. Il n'avait pas encore enlevé son long manteau. Il s'inspectait dans le miroir en pied vissé sur la porte de la salle de bains. Il avait gardé son chapeau sur la tête et il prenait des poses. « D'où me vient cette étrange idée de distribuer des petits papiers blancs devant un Lidl ? Vais-je pouvoir continuer sans donner un sens à tout cela ? » Ces pensées étaient ponctuées de postures ubuesques. Jonas ne craignait pas le ridicule. Une main sur le menton. Une autre qui grattait le nez. Un déhanché. Un trois quarts dos. Puis tout à fait de face. Il mettait le poing dans sa poche. Il inclinait son chapeau sur le côté. Il ouvrait deux boutons du manteau. Il s'était même hissé sur deux oreillers pour avoir l'air plus grand. Il se voûtait pour avoir l'air plus vieux. Et la succession de figures semblait une invocation à toutes les formes de lui-même, à toutes les époques de lui-même, pour qu'elles se mobilisent ensemble afin de l'éclairer. « J'appelle Jonas. Jonas le philosophe.

Jonas le branleur. Jonas l'élégant. Jonas le loser. Jonas le prophète. Jonas l'empereur. Jonas le lâche, le brave, le péteux, le fier, le magnifique, le communiste, le libéral, le moine Jonas dans sa tour, le fou Jonas dans son rêve, j'appelle Jonas qui crève, Jonas qui rêve, Jonas qui manigance, qui danse, qui chante, qui dort comme un porc – pardon les porcs –, j'appelle Jonas le grand, le Français, le juif, le riche, le pauvre », et il continuait ainsi, comme si recenser la multiplicité des chemins qui menaient à lui-même pouvait le renseigner sur lequel choisir pour aller vers les autres.

La réponse ne vint pas de son reflet mais d'un tambourinement d'abord discret puis insistant. Le jeune fou se figea et interrompit ses simagrées. Il avait beau avoir repris contact avec le monde, il n'en restait pas moins un sauvageon inhabitué à ce qu'on s'approche de son antre. Sa voisine, Suzie-Marie, était la seule à avoir pu l'entrapercevoir dans son gourbi, et, nous nous en souvenons, c'était allé assez vite !

— C'est Suzie-Marie ! Votre voisine !

L'érection de Jonas fut immédiate, mais elle n'était accompagnée d'aucune rêverie frivole. Il est même probable qu'il ne s'en rendit pas compte. Son esprit cherchait déjà à se rappeler s'il lui restait du papier toilette.

— C'est moins urgent cette fois ! Vous m'ouvrez ?

Jonas se rassembla. Il savait que certaines batailles ne se gagnent qu'en déguerpissant, ce qu'il envisagea un instant en examinant les issues possibles – il n'y en avait pas, sauf à risquer un saut aléatoire dans le grand vide. Il était bien dans un monde réel avec des voisins, des voix, des couloirs et des portes qu'il allait falloir ouvrir cette fois encore. Ça tombait bien, il était en manteau. Ça lui seyait. Ses cheveux épais avaient belle allure. Il les avait shampouinés longuement pour son happening.

Comme Suzie-Marie réitérait son toc toc têtu, il jeta son chapeau sur un tas de livres égarés et prudemment, très prudemment, il entrouvrit la porte. La jeune femme afficha un visage bien plus détendu que la première fois. Elle sourit même. Elle avait dans les mains un bouquet de roses qui intrigua Jonas :

— Je sais que vous venez d'arriver. Pardon. Je peux entrer ?

Que lui valait cet aplomb ? Il commençait à peine à cesser d'envoyer des signaux d'hostilité au monde et voilà qu'on lui tapait déjà sur l'épaule.

— C'est pour vous.

— Les fleurs ?

— Oui. J'entre ?

Suzie-Marie poussa délicatement Jonas qui recula comme un chien cossard devant un intrus, sans quitter sa menace du regard. Il ne vit pas tout de suite que sa prédatrice avait des yeux de biche et un sourire lutin. Pacifique.

MONA ET PHILIPPE SANDRE-LÉVY

Mona sort du RER et peste contre le bus qui n'est jamais venu. Vingt minutes de marche jusqu'à la cité. Elle a hâte de poursuivre sa lecture. La promesse du narrateur est tenue : Suzie-Marie revient dans la vie de Jonas. Ça lui plaît ! Peut-être tiendra-t-il aussi sa promesse de concept magique qui réparera ses soucis ? Elle pourra vérifier tout cela dès ce soir. Elle cuira des pâtes, elle se blottira dans son canapé, et elle lira.

L'air est encore doux et le soleil décline sur les bâtisses en méli-mélo architectural. La tour qu'habite Mona est tout en haut de la colline de pierre. Elle se voit de loin et la jeune femme aime ça. La chaussée monte. Considérer la ligne d'arrivée lui donne du courage.

Mona passe le pont au-dessus de l'autoroute qui éventre la ville. Ce qui l'attire chez Jonas, c'est qu'il est comme elle ; dans la marge du cahier. Il arpente les périphéries. Il a pour décor ni ville pittoresque ni mer ni campagne, juste une fenêtre rectangulaire, des esplanades goudronnées, des squares inventifs.

Il est comme elle et pourtant, il trimballe quelque chose en plus. Quelque chose qui sautille, à la manière de Madeleine qui, après une bêtise, se jetait en Fosbury sur le canapé pour faire rire Grégory et éviter la brimade. Mona, elle le sait, ne sautille plus beaucoup.

C'est à cause de la honte… C'est ce qu'elle sent. Les murs écaillés et mal tagués de la rue qu'elle monte le murmurent avec elle. Elle a honte d'avoir été faible si longtemps. Honte d'en être là à quarante ans. Honte, bien sûr, d'avoir laissé passer ainsi le temps entre elle et sa petite fille. Et cette honte empêche tout sautillement. Mona sait que sa contrition et ses remords n'y changeront rien. Elle est cette mère qui a coupé le lien avec une enfant de sept ans. C'est indéfectible et cette amputation restera. Le passé est un manuscrit auquel on ne peut plus rien changer. C'est d'ailleurs pour cela que ce Sandre-Lévy veut se débarrasser de celui qu'elle a dans son sac à dos.

Elle se voûte. Vite. Reprendre la lecture. Elle s'occupera de la mezzanine demain.

Elle s'enfonce dans la cour de la cité Kennedy. Elle contourne l'insolite statue en plâtre de Pierre et Marie Curie. Elle dit bonjour aux fumeurs et promeneurs de chien qui la dévisagent. Elle compose son code, prend l'ascenseur, s'engage dans le couloir dont le plafonnier se croit en boîte de nuit.

C'est dans cette lumière alternative et hésitante qu'elle le voit. Il est là.

Adossé à sa porte, corps engoncé et œil noir ; et il la fixe.

Mona s'immobilise, au milieu du couloir. Elle n'en revient pas. Il a donc déjà constaté son larcin et a décidé de venir le récupérer… Ne lui avait-il pas affirmé qu'il aimait « rentrer tôt le dimanche » ? Elle prendrait bien ses jambes à son cou, tiens, mais pour aller où ? Ses mains tremblent. Philippe Sandre-Lévy est toujours figé. Un peu comme quand elle l'a aperçu tout à l'heure au bar du Lac et qu'il semblait fossilisé devant son livre. Le souvenir pénible de leur entretien la ranime. Pas de culpabilité. Il ne mérite pas son propre manuscrit ! Pourquoi s'y accroche-t-il puisqu'il le juge si insignifiant ? Elle se renfrogne et avance enfin vers lui. La meilleure défense, c'est l'attaque :

— *Qui* vous a fait entrer ?

— Je me souvenais du code. Ah ah !

Il est furieux. Son trait d'humour se dilue dans sa rage.

— Ça roulait bien, on dirait.

— J'ai mis la sirène. Pour rattraper les voleurs, on met la sirène.

Mona voudrait se moquer, mais il y a plus urgent :

— Ce n'est pas du vol. Je me suis juste souvenue de la loi « le trésor appartient à celui qui le découvre sur son propre fonds », or c'est moi qui ai découvert le trésor, donc il m'appartient.

Ils ont l'air tous les deux épuisés par cet échange bref et corrosif, inhabituel dans leurs vies respectives.

— Rentrons boire un verre.

Mona sort ses clés et veut accéder à la porte, mais le corps campé de Sandre-Lévy l'en empêche.

— Rendez-moi mon texte.

— Je peux vous offrir un verre à boire d'abord, non ?... Entrons... ?

— Certainement pas ! Qu'est-ce qui vous a pris ?! Ça ne se fait pas, ça !

— Il m'a pris que... que le narrateur promet une solution à mes problèmes, voilà ! Et qu'il aime le blues. Et qu'il s'adresse à une fille en jogging et aux cheveux châtains ! Et que je n'ai pas envie que cette histoire porte aux oubliettes avant de l'avoir lue.

Sandre-Lévy ouvre de grands yeux ahuris, devant la réponse inattendue de Mona, puis il explose. Une solution à ses problèmes !? Elle croit quoi ? Qu'il est philosophe ? Ou astrologue !? Qu'il a écrit la Bible ? S'il y avait une solution à ses problèmes dans ce texte, elle pense qu'il végéterait sur son palier un dimanche soir !? Quant au blues, c'est un hasard ! Elle ne va pas le soûler à cause d'un hasard ?! Il *veut* récupérer ce manuscrit. Elle ne découvrira rien dedans. Et puis ça ne la regarde pas ! Merde !

Le silence clôt la diatribe. Mona murmure doucement, très doucement :

— Entrons juste boire un verre ?

L'homme piétine ; il la considère : une femme qui prend le RER un dimanche vers la profonde banlieue pour vous rendre un manuscrit quelconque débusqué au fond d'un tiroir puis finit par le dérober et le ramener chez elle ; une femme qui, à presque quarante ans, habite un appartement d'étudiant, et qui, de son propre aveu, a été internée en hôpital psychiatrique, une femme comme celle-là, on ne doit pas la suivre jusque chez elle. S'il ne se nourrit plus de fiction, ou presque plus, depuis de longues années, l'ex-cinéphile n'a pas oublié le *Misery* de Rob Reiner dans lequel Kathy Bates, si douce et fragile au début, se révèle une persécutrice tortionnaire obsessionnelle, prête à dépecer le romancier qui l'a déçue. Stephen King, auteur de l'œuvre originale, sait la folie de certaines femmes, leur agressivité soudaine, leurs dérapages psychotiques. L'homme sur le palier rumine. Cette personne n'est pas dans un état normal. S'il entre, il est foutu. Elle l'obligera à modifier son texte. Elle le ligotera. Ou bien, elle lui demandera de la distraire, puisque Jonas la distrait. Prouvez-moi que vous en êtes bien l'auteur ! Faites-moi rire ! Surprenez-moi ! Elle est sans doute malade, tous les humains le sont, d'une addiction à « l'événement ». Il lui faut du fait divertissement. De l'agitation. Des imbroglios. Mais la vérité à tous insupportable est que, s'il se passe des choses dans le monde, il ne se passe presque rien dans la vie des gens. Ils vivent à côté de l'intensité. Dans un silence désorganisé. Cela peut les rendre fous. Il en est sûr.

— Je ne vais pas vous manger vous savez… On va juste boire un verre.

Une mante religieuse ! Une prédatrice sexuelle en manque ? La seule évocation de ces mots – « mante religieuse » – convoque l'image d'une Mona cannibale occupée à saler et poivrer ses mollets ou sa panse en écoutant du blues. Découpé en morceaux. Congelé. Voilà comment il va finir. Trop peu sollicité, son imaginaire – à la façon de celui de Mona un peu plus tôt – lui joue des tours sarcastiques. Il s'ajuste mal, exagère, et réveille sa migraine.

— Non, je veux récupérer mon texte et rentrer chez moi. Donnez-le-moi, s'il vous plaît.

Le ton sec est presque violent. Le regard tranchant. Mona recule. Ils ne vont pas se battre, quand même !? Sandre-Lévy a beau être d'une frêle morphologie, il pourrait, enragé comme il est, la projeter au sol, la tuer ? Tant de frustration, cela peut décupler la force physique. Et puis, le type qui fait demi-tour sur l'autoroute pour venir récupérer un « truc » auquel il ne pensait plus depuis vingt ans, c'est suspect. Il lui évoque l'acteur Al Pacino, si elle l'observe bien. En jeune. Et Al Pacino, il n'est jamais complètement serein. Il respire l'instabilité et la bouffée délirante imminente. Sa politesse est suspecte. Sa normalité est suspecte. Méfiance.

Pendant qu'elle échafaude et rumine, Sandre-Lévy s'approche. « Bon, permettez ! » Et d'un geste vif, il saisit la lanière du sac à dos de la jeune femme, qui ne tient plus que sur une seule épaule. Dans un premier temps, Mona s'agrippe à la sangle.

Sandre-Lévy durcit sa charge. La résistance de Mona suscite une expression si rembrunie sur le visage de l'homme que la jeune femme s'étonne. Philippe Sandre-Lévy profite de cet infime relâchement pour tirer une fois encore sur le sac et c'est ainsi qu'il se retrouve, ébouriffé, avec l'objet dans les mains.

Un court instant, l'homme paraît hésiter à effectuer le geste inconvenant de l'ouvrir, mais il le fait. Il ouvre.

Il ouvre et le manuscrit est bien là.

Il le prend.

Il ouvre maintenant son cartable.

Il place le manuscrit à l'intérieur. Sans un mot pour elle, sans un regard. Rigide et poli. Inquiet.

Il ne voit pas encore à quel point cette capitulation a blessé Mona. Il ne voit pas encore la montée de larmes qu'elle tente de contenir. Une montée de larmes qui la réjouirait sans doute en d'autres circonstances. « Vous pleurez ? Quelle bonne nouvelle ! avait dit le docteur Di Bonna. On en veut plein, des larmes, mademoiselle Frame. *Nihil lacrima citius arescit.* Rien ne sèche plus vite qu'une larme. » Il avait fêté l'hémorragie lacrymale de la jeune femme comme le début de la guérison et l'encourageait à ne plus jamais s'en départir. Selon lui, les tatouages sur son bras étaient l'expression d'une jeunesse à la dure, qui avait trop retenu sa peine, et la dépression sèche qu'elle venait de traverser en était la preuve. « Pleurer », c'était le début de « guérir ». Depuis, chaque fois qu'elle pleure ou a envie de pleurer, l'image mentale de son psychiatre s'accroche à sa rétine. Mais elle ne veut pas céder devant cet homme. Alors, elle respire profondément et elle murmure : « lais ire ou oi… » ce qui signifie « je voulais le lire jusqu'au bout moi… », mais les consonnes se perdent dans l'effort fourni pour retenir la peine. Elle voit bien que Sandre-Lévy, dérouté, n'a rien compris. Elle retient encore ses sanglots, prend une grande inspiration, puis :

— Si vous entrez, je prendrai la suite du texte en photo… et je la lirai plus tard sur mon téléphone. Et vous repartirez avec votre manuscrit. Et on en parlera plus.

Elle ponctue sa phrase d'une nouvelle inspiration courageuse.

Philippe Sandre-Lévy est sidéré. Cette femme au bord des larmes fixe la sacoche comme si elle contenait sa méthadone un jour de manque. Il ne se sent plus victime, mais bourreau. Qu'y a-t-il dans *Jonas Is Born* pour la mettre dans un tel état ? Il voit bien désormais qu'il pourrait partir paisiblement s'il laissait le manuscrit ici. Ce qu'elle veut séquestrer, ce n'est pas lui, mais son texte. Certes, il déteste l'idée que ses élucubrations de jeune homme soient lues, mais cette Mona a dû déjà suffisamment avancer pendant les transports pour que la transgression soit effective. Qu'est-ce que cela change… ?

Des pas nets et vifs se font entendre au bout du couloir et cette incursion sonore, ce retour du réel, le ramène à l'absurdité de la situation. Il murmure :

— … C'est que… ça m'ennuie que vous le lisiez.

Elle répond :

— C'est juste une histoire !...

Sandre-Lévy incline sa tête d'homme dépassé et soupire :

— Bon, entrons.

MONA ET PHILIPPE SANDRE-LÉVY

Philippe Sandre-Lévy se tient, droit, sur le palier de son passé et de son insouciance. Il sonde.

Est-ce la lumière de fin de jour, est-ce la couleur des murs repeints, est-ce l'absence de tapis au sol (il en avait mis plusieurs) ? Il ne reconnaît pas bien les lieux, et pourtant il y a là, exactement, le même espace que celui qu'il a occupé le temps de ses études. Ici, en entrant à droite, au bas de la fenêtre il avait aussi disposé son bureau. Là sur la gauche, il y a la porte qui mène vers la cuisine. Face à lui, le lit mezzanine et ses marches ouvertes – sur l'une des marches, les outils de Mona qui traînent. Sous la mezzanine, lui aussi avait installé un canapé.

Au fond à gauche, la porte à petits vitraux – était-ce la même qu'autrefois ? – conduit à la salle de bains. Il entrevoit un carrelage mosaïque à dominante chocolat dont il ne se souvient pas.

Durant ces quelques secondes suspendues, Mona, embarrassée, a parlé. Elle s'est excusée de l'ordre approximatif du lieu, elle a suggéré à l'homme d'accrocher son manteau sur une arête de la mezzanine, elle lui a proposé de s'asseoir.

Sandre-Lévy avance, prudent. Les sons au-dehors, les voix, la rumeur de la ville se mêlent à ceux d'autrefois ; les deux temps se superposent confusément. Il s'immobilise soudain au milieu de la pièce ; son corps vient de se heurter à un fragment de souvenir : la voix de Martin. Il vient d'entendre la voix de Martin. L'inflexion de sa voix, telle une onde faible qui serait restée prisonnière des plinthes ou des enduits du lieu, et qui lance : « Voilà une semaine qui commence mal ! » C'était la phrase de ralliement du petit groupe. Une façon de se reconnaître. Sandre-Lévy, le premier, leur avait raconté la blague matrice : « C'est l'histoire d'un condamné à mort qu'on amène sur l'échafaud, un lundi matin à la première heure. Le condamné se tourne vers son bourreau et lui dit : "Voilà une semaine qui commence mal !" » La petite troupe avait beaucoup ri, en imaginant la tête du bourreau et appréciant le sang-froid effronté du condamné. C'était devenu leur devise. Dès qu'il y avait une mauvaise nouvelle, un examen, une rupture, un événement international matraqué par les médias que l'un d'entre eux voulait évoquer, il y en avait toujours un pour dire : « Voilà une semaine qui commence mal. »

Cette phrase, resurgie de ces quatre murs et plus jamais prononcée par Sandre-Lévy depuis la dispersion du groupe, se plante dans son cœur provoquant un son entre le sanglot et l'éclat de rire, une sorte de hoquet qui pourrait tout aussi bien être une manifestation de la soif. Un gargouillis impudique, en tout cas, qui va mal à l'allure de l'homme fier à cheveux épais qui stationne dans le salon.

Mona le sort de sa torpeur en réitérant son invitation : « Asseyez-vous, je vais chercher du vin ! » Sandre-Lévy acquiesce et s'installe enfin sur le vieux sofa, sans doute chiné aux puces, dans lequel on s'enfonce un peu trop. On dirait un tuteur à plante verte quand il appuie son dos sur le dossier moelleux. Une girafe qui croise ses longues jambes en attendant l'évaporation de son inquiétude. Pour la dissimuler, il arbore une expression d'homme magnanime, qui a daigné rester afin de contenir l'hystérie naissante de son hôte. Mais le fait est que cet endroit l'étourdit plus qu'il ne s'y attendait. Il est constitué de traces morcelées de lui-même, puzzle géant et complexe dont l'image d'ensemble tenterait de se recomposer par la grâce de sa seule présence.

L'homme continue d'examiner les lieux. Près des fenêtres, il avait accroché des étagères à bas prix sur lesquelles il rangeait ses livres : de beaux ouvrages sur le cinéma, cadeaux de Ma'Ida pour ses anniversaires, des manuels scolaires, des essais. Mais sa bibliothèque avait changé de physionomie au moment où il écrivait *Jonas Is Born*. Il s'était mis à lire des romans. Jusque-là, seul le *Don Quichotte* avait ses faveurs. Dès l'enfance, il s'était passionné pour ce texte, qu'il avait lu maintes fois, sous diverses formes. Version longue, courte, illustrée. Il avait lu et relu la nouvelle de Borges « Pierre

Ménard, auteur de *Don Quichotte* », sans l'élucider, écouté en continu la comédie musicale de Jacques Brel. Ida avait estimé que le culte que son petit-fils vouait à l'homme de la Mancha venait du fait que ce personnage était un juif qui s'ignore (Cervantès n'était-il pas marrane ?), un errant, un exilé, et que Philippe, quoi qu'en pensent ses parents, portait en lui cet héritage et le reconnaissait inconsciemment.

Sandre-Lévy constate qu'il est revenu à son point de départ. Il ne lit plus de romans. Même *Don Quichotte* a déserté ses étagères. Depuis qu'il a monté sa société MyVidéo il s'est concentré sur les essais, qui le font avancer davantage. La fiction lui est peu à peu apparue inutile et, plus encore, inoffensive. Elle ne l'intéresse plus vraiment.

Mona revient de la cuisine avec un vin qu'elle annonce « italien ». C'est son seul et unique client – pour l'instant – qui lui en a offert quelques bouteilles par gratitude. Elle explique que dès la première nuit qui a suivi son embauche, elle a débloqué à distance tous les bugs de son logiciel de paiement. Son prédécesseur n'avait pas réussi à corriger l'erreur durablement et elle a eu la sensation d'un vent doux sur son ego. Le patron était aux anges. Elle n'ignore pas qu'elle est douée, mais l'épisode qu'elle vient de traverser a lacéré toutes ses certitudes.

Son otage semble si absorbé, si cadenassé, qu'après avoir débouché la bouteille et versé le liquide elle propose de commencer dès maintenant à photographier le manuscrit, « comme ça, ce sera fait ». Elle n'a pas envie, elle non plus, que l'exercice se prolonge trop longtemps.

Elle sort donc l'ouvrage, revient à la page cornée qui indique l'endroit où elle s'est arrêtée et s'empare de son téléphone portable.

— Vous tournez les pages et moi je photographie ? Ça ira plus vite.

Sandre-Lévy aimerait résister à cette mise en scène lunaire, mais l'émotion de Mona tout à l'heure a impressionné sa rétine sensible et il possède un fond d'indulgence ashkénaze pour les personnes dépressives.

Mona met le manuscrit dans ses mains, prend une première photographie de la page en cours puis dit :

— Vous tournez ?

Sans le moindre enthousiasme, Sandre-Lévy obéit.

S'engage alors une étrange chorégraphie : elle photographie, il tourne les pages, dans un bruit de papier et de bips électroniques. Cela ne va pas vite. Mona doit souvent s'y reprendre à deux fois soit parce qu'elle a mal cadré la page, soit parce qu'un reflet risquerait de gêner la lecture, soit parce qu'elle a mis son doigt sur l'objectif. Cela donne le temps à Sandre-Lévy de laisser traîner son regard sur certains feuillets, presque malgré lui. Il en saisit des bribes, et il s'étonne.

Chapitre 13

Suzie-Marie envisagea l'appartement. Sa robe swing en laine – si différente de la tenue décontractée lors de sa première apparition dans le cloaque de Jonas – voleta quand elle tourna sur elle-même pour découvrir les lieux. Les posters aux murs, les livres en colonnes, le tapis d'Orient, le tourne-disque vintage. La pièce avait une allure faussement négligée qui ne déplut pas à Suzie-Marie.

Comme Jonas se tenait, effarouché, au milieu de la pièce, la jeune femme, magnanime, s'empressa de dévoiler son jeu : elle l'avait vu devant le Lidl. Elle achetait du pain à la boulangerie juste en face et elle l'avait observé. C'était gracieux, son chapeau haut-de-forme dans le demi-jour, et les passants ravis qui piochaient dedans.

Cet aveu provoqua une rougeur immédiate sur les joues de Jonas, à croire qu'elle l'avait vu de dos sous la douche et flattait son fessier. « Ah bon ? Vous étiez là ? » Et il ajouta un modeste « Oh vous savez… c'est… Ce n'est rien… qu'un petit jeu superfétatoire sorti de mon cortex préfrontal. » Suzie-Marie sourit, amusée, et Jonas profita de cet éclair de décontraction pour se détendre à son tour et lui demander si elle voulait s'asseoir, et s'il pouvait lui offrir du café. Il était assez fier de sa phrase. « Asseyez-vous. Je peux vous offrir un café ? » Elle était sortie toute seule, rejaillie des profondeurs de son urbanité. Il avait mis les accents au bon endroit. L'intonation *ad hoc* et le pincement de lèvres poli. Que croyait-elle, sa voisine intempestive, qu'elle allait le prendre en flagrant délit de marginalité ? Que nenni ! Il connaissait la musique et l'harmonie classique. Fondamentale, quinte ! Il savait parler le conventionnel. Suzie-Marie répondit qu'elle voulait bien un café mais ils le boiraient à la fenêtre, en surplomb de la forêt de béton. Elle ajouta que, faute de vase, ils jetteraient les fleurs dans le grand vide. Surpris, Jonas demanda pourquoi ils feraient ça. Suzie-Marie sourit. C'était exactement la question qu'elle était venue lui poser. Pourquoi il faisait ça ?

Ils étaient désormais, tasse à la main, côte à côte, à la fenêtre, et ils observaient les fleurs tomber sur le monde au rythme lent de la futilité. Elles virevoltaient. Elles flânaient. Elles stationnaient en espionnes à hauteur du cinquième étage. Jonas ne put s'empêcher de demander à Suzie-Marie si elle savait qu'il y avait là une femme africaine d'une cinquantaine d'années qui recevait, au moins deux après-midi par semaine, un très jeune amant. Il avait d'abord cru qu'elle arrondissait ses fins de mois avec des extras sexo-pédagogiques puis il les avait surpris un jour au moment de la séparation, ils étaient très amoureux. Lui voulait revenir plus souvent. Elle lui demandait d'être raisonnable. Il lui parlait d'amour. Elle disait : « Tu le regretterais si je t'embarquais dans l'avenir avec moi », ou quelque chose qui ressemblait à ça...

Suzie-Marie reconnut qu'elle ne savait pas qui logeait où dans cet immeuble. Il y avait trop de monde. Elle avait juste repéré un vieux râleur au dixième – Jonas voyait très bien de qui elle parlait – ainsi que Jonas lui-même car il était souvent là et qu'ils habitaient le même palier. « Et parce que je suis mignon », ajouta-t-il. Suzie-Marie sourit mais ne confirma pas. Elle souhaitait revenir à l'épisode devant le Lidl. Elle précisa qu'elle avait ramassé un de ses papiers, qui était arrivé jusqu'à elle poussé par le vent ; elle avait vu qu'il était vierge.

Jonas, inspiré par la lune qui, frêle croissant (parfois il faut oser la métaphore éculée), se détachait au loin dans le ciel noir tenta une explication : le passant curieux s'arrête et pioche dans l'espoir que le petit bout de feuille plié parle de lui, de son avenir, ou révèle ce qui est indicible... Mais il est immaculé et c'est au passant d'imaginer ou de révéler l'indicible. Voilà.

— Mais pourquoi ? Pourquoi tu fais ça ?

Jonas sourit. Il confia qu'il n'avait pas beaucoup parlé pendant deux ans. Après des études brillantes et boursouflées d'utopies vaines, il s'était isolé. L'absurdité de l'existence l'avait saisi et cela ne l'amusait plus de chercher un sens aux choses. Cependant depuis… Depuis quelque temps, il bifurquait vers une troisième voie : il désirait se servir de tous les mots stockés dans sa bouche et inciter les gens à en faire quelque chose aussi… Mais il ne savait pas exactement quoi.

Suzie-Marie parut intéressée et continua de le questionner. Elle voulait tout savoir ! Quelles étaient les réactions des passants ? Quelles confidences avait-il obtenues ? Que répondait-il aux gens quand ils se livraient ? Jonas expliqua qu'il aurait voulu trouver des mots consolateurs, philosophiques ou chrétiens à prononcer, mais il en avait été empêché.

— Par quoi ?

— Je me suis mis à bégayer. Tout d'un coup… Pam… j'ai bégayé.

Jonas nota que ses réponses engendraient une expression d'effervescence et de méditation sur le visage de sa voisine. Il ajouta donc que l'expérience saugrenue dont elle avait été témoin n'était pas la première du genre. Depuis qu'il avait décidé de ne plus gamberger tout seul et tourner en rond dans ses trente mètres carrés, il s'était risqué à d'autres tentatives dont il ne savait pas bien se dépêtrer.

— Tu me les raconteras ?

Jonas promit, mais avant cela, il voulait savoir ce qu'elle aurait écrit, elle, si elle avait pioché dans son haut-de-forme...

MONA ET PHILIPPE SANDRE-LÉVY

Les pages tournent et, au contact de certaines images, certaines expressions, de petits éclats rieurs colonisent les yeux de Sandre-Lévy qui récupèrent aussitôt une indolence maussade. On dirait qu'un enfant s'amuse à appuyer sur le bouton on-off de son moteur intérieur, contribuant inévitablement à l'échec de l'allumage. Toussotement, extinction, résurrection, soubresauts. Et ainsi de suite.

Où trouvait-il tout ça ? Même son vocabulaire le surprend. Il scrute ces lignes comme s'il cherchait à reconnaître son écriture de jeune homme. Mais il n'y a pas de pleins ni de déliés dans un texte imprimé et il ne peut rien distinguer ici de physiologique ; c'est donc son esprit qu'il doit sonder. L'esprit de celui qu'il était et qui inventait ce genre de choses.

Dans ce texte insolite dont il tourne les pages avec application, il y a des tentatives bouffonnes sans peur du ridicule. De la « fantaisie », assure cette Mona. C'est vrai qu'il en avait à vingt ans, et même enfant. Il se souvient des grands éclats de rire qu'il déclenchait chez sa grand-mère pour un rien. Jeune étudiant, il ne manquait pas une occasion d'arracher un sourire à ses camarades ou ses conquêtes. Sous l'emprise des bières et du désir il dégainait ses taquineries, ses inventions, son recul, son impertinence comme Cupidon décoche ses flèches le jour carnavalesque de la Saint-Valentin. Inutile mais fier. Les copains de promotion n'étaient pas en reste au jeu de la parade stérile pour exhiber leur esprit. Ils s'entraînaient et c'est cela, de toute évidence, qui transpire dans ces lignes.

Sandre-Lévy ne sait quoi penser… Il est aussi bouche bée qu'un vieillard devant la photo de l'enfant qu'il était, éclatant de rire à l'objectif. Aussi étonné que la caissière qui remet la main sur la rédaction notée « 10/10, excellent ! », qu'elle croyait avoir rêvée car personne ne s'en souvient dans la famille et on l'a taquinée maintes fois sur ce « mensonge » qui n'en était pas un.

Faut-il regretter ce que ce texte contient ?

Non.

La vérité, c'est qu'il a honte. Qu'a-t-il fait de sa vie ?

À vingt ans, ses parents essayaient déjà d'agir pour leurs semblables, lui il passait son temps à écrire des turlupinades. Certes, il n'était pas sans conscience du monde qui l'entourait ; il croit même se souvenir avoir cherché à approfondir son histoire, pour atteindre sa cible, mais cette « fantaisie » acclamée lui paraît outrageuse.

Louise et Marc avaient raison. Les nuages s'amoncellent au-dessus de notre monde. Les injustices ne cessent pas. Les guerres se déclarent, les dettes épuisent, les enfants meurent. Le soleil est noir. De quoi voulais-tu rire, jeune homme ? À quoi espérais-tu échapper avec ta légèreté désinvolte ? La vague gronde. La grande sorgue met du rimmel pour t'accueillir en grande pompe. Sandre-Lévy sait que sa gravité d'aujourd'hui ne vient pas de nulle part. Elle vient de sa responsabilité et de sa conscience adulte d'une tragédie annoncée. Il est un homme responsable désormais. Atrabilaire et fier de l'être. Il a fait du chemin vers la lucidité. L'insoumission inquiète qu'il reprochait à ses parents était en réalité la conscience haute d'un monde auquel on participe et dans lequel il faut réfléchir à la place qu'on veut tenir. Contrairement à eux, il ne tient aucune place. Il a loupé le coche et sa vie n'a qu'un sens contingent, prosaïque, dont il a honte. Oui.

Il ne rit plus parce qu'il n'y parvient plus. Jonas qui met sa tête dans le frigo. Ce n'est pas drôle, c'est ridicule. Cette Mona à peine sortie de dépression est victime à présent de l'*Homo festivus*, la maladie de notre siècle. Elle a envie de rire. De s'évader. Elle veut festoyer la tête dans le sable. Faites-moi rire ! Faites-moi rire ! Distrais-moi. Emmène-moi au stade. Mets de la pub. Mets des jeunes chanteurs sur un ring. Fais-moi voter par SMS. Machines à sous. Française des jeux. Fiction. Séries. Cours plus vite. Roule. Youpi. Chouette. Ah ah. Lol. MDR. On ne l'y prendra pas. Va te fêtard !

À la respiration haute de son taciturne interlocuteur, Mona devine que l'exercice devient pénible pour lui. Stratège de pacotille un brin paranoïaque, elle propose un petit arrêt vin rouge. « Ça vous dit ? » Sandre-Lévy, dont le verre est vide, ne décline pas. Ce répit arrive à point. Il laisse Mona remplir son verre abondamment et s'étonne de la voir boire le sien presque cul sec. Ils n'ont pas mangé, l'ivresse vivifie leur flux sanguin et ça commence à se voir.

Mona sent qu'il vaut mieux éviter de parler du manuscrit pendant cette pause. Elle présume qu'un petit détour par sa vie à elle devrait permettre à son hôte de s'éloigner un peu de son nombril. Alors, tel un avocat qui veut attendrir la cour, elle se lance : l'appendicite, son licenciement, le tribunal des prud'hommes, l'hôpital psychiatrique. Elle lâche les chevaux ! Sa logorrhée express pour raconter sa vie la surprend elle-même. Elle n'aurait jamais cru qu'elle pourrait résumer en si peu de temps le cauchemar interminable qu'elle venait de traverser : Toulouse, ses parents, et bien sûr, son « mal de mère », son incapacité à revoir sa fille, sensation vertigineuse de ne pas être à la hauteur de l'enfant qu'elle a mise au monde. Tout est raconté en moins de temps qu'une chanson de plage. Elle fait un decrescendo poignant néanmoins pour conclure qu'elle sait que cette année encore, elle ne pourra pas serrer Madeleine dans ses bras le jour de son anniversaire, le 12 avril, dans quinze jours. C'est encore trop tôt. Elle est allée pas plus tard qu'avant-hier la guetter devant son école ; elle n'a pas eu le courage de l'aborder.

À l'évocation de ce souvenir, et alors qu'elle aurait juré maîtriser totalement sa confession, les larmes, encore elles, lui mordent le cœur. Elle s'interrompt pour ne pas les laisser échapper. Et c'est dans un souffle qu'elle déclare : « Je n'ai pas la force. »

Philippe Sandre-Lévy, impressionné, aimerait dire un mot de compassion devant le récit éméché et tremblant de son hôte ; mais il ne peut pas. Tout est trop confus dans sa tête. Il vide son verre, se sert à nouveau, et dit : « Finissons-en. »

Mona acquiesce et reprend son téléphone portable.

Chapitre 14

L'air frais du dehors commençait à réfrigérer le petit nez de Suzie-Marie. Elle proposa, avant de raconter ce qu'elle aurait « écrit », elle, sur le papier plié, de fermer la fenêtre et de mettre de la musique. « Je n'écoute que du blues », rétorqua Jonas. « Je suis votre voisine, je le sais, répliqua Suzie-Marie. Mettez un blues. Un blues qui se danse dans les bras l'un de l'autre. »

Jonas n'en revenait pas d'être aussi obéissant. Il se dirigea vers sa chaîne stéréo et choisit une mélopée soft et ronde de B. B. King. Presque une romance. Il se sentait beau dans son manteau et il considérait que Suzie-Marie avait raison. Cela donnait de la classe à ce moment improvisé, du blues. Lui, elle, et *The Thrill Is Gone*.

Dès les premières notes, Suzie-Marie s'approcha de Jonas en se déhanchant sans grâce particulière mais avec l'audace érotique de l'insouciance. Elle prit les mains du jeune homme, les posa dans le creux de sa taille et l'obligea à se déhancher à son tour. Jonas s'exécuta mais précisons que Terpsichore (la muse de la danse, compagne d'Appolon, dont l'anonymat fait peine), en les voyant, fit une crise d'urticaire dont elle eut du mal à se remettre. Comment pouvait-on danser aussi mal ? Les bras de Jonas semblaient empêtrés dans des courroies et ses pieds cognaient parfois brutalement le parquet comme s'il s'agissait d'un tango de parodie. Mais qu'importe. L'essentiel était de danser. Suzie-Marie s'approcha de l'oreille de Jonas et murmura :

— Je vais te dire ce que j'aurais « écrit » sur le petit papier blanc. J'aurais écrit que c'est très courageux de se planter devant un Lidl avec un haut-de-forme et des bouts de feuille pliés. J'aurais ajouté que si je savais peindre, j'aurais posé mon chevalet sur le trottoir d'en face et je t'aurais peint. D'ailleurs, quand je t'ai vu, j'ai commencé à imaginer le tableau, sa composition, ses proportions. J'ai imaginé ses couleurs, elles étaient vives, son registre, à cheval entre le figuratif et l'abstrait. L'enseigne Lidl, par exemple, je l'imaginais en lettres jaunes sur la diagonale du tableau voilée par un filtre blanc ; et tes petits papiers, je me les figurais défiant la loi de la gravité, s'élevant vers le ciel comme un envol de confettis. Je voyais aussi, au premier plan, l'avant d'une voiture, phares allumés malgré le jour. Elle évoquerait la ville et la métallisation du monde. Et puis, cela m'a paru évident. Il manquait quelque chose à ce tableau. Quelque chose d'essentiel. Pour l'équilibrer…

Jonas, perturbé, grommela : « Quoi ? » (Que pouvait-il manquer à son tableau ?!)

— Il manque quelqu'un de l'autre côté de la porte du magasin.

Dans un premier temps, Jonas eut tout à fait la tête de celui qui désapprouve. Il fit même un petit coup de menton discret et boudeur, signe qu'il était prêt à guerroyer. N'était-il pas autosuffisant ? Mais Suzie-Marie continua : Ce quelqu'un tiendrait peut-être un chapeau aussi, avec autre chose dedans. Ou proposerait un contrepoint. Chanter ? Danser ? En tout cas ce quelqu'un doublerait ou compliquerait son action, en quelque sorte.

— Tu dis ça parce que tu m'as trouvé… faible ? demanda Jonas.

— Tout le contraire. Je t'ai trouvé dangereux.

— Moi ?

— Oui. J'ai vu ton charme et tous ces gens sous ton charme qui piochaient aveuglément dans ton chapeau. J'ai pensé qu'il fallait une contradiction. Un soutien et une contradiction à ton action.

Elle murmura à son oreille :

— Je me suis dit que ça pouvait être moi.

À l'instant, l'auteur de ces mots – je m'appelle Philippe Sandre-Lévy, j'ai vingt-deux ans, et j'attends les résultats de mes partiels soit dit en passant – est penaud car il t'a vendu *UN* prophète, chère lectrice, et s'aperçoit que l'idée de Suzie-Marie est brillante et que Jonas ne peut pas la refuser. L'homme seul avec sa seule vérité et son seul dieu et son seul appartement et son onanisme et sa seule tour de Babel dans une seule langue est un tyran possible, même s'il n'est armé que de petits papiers blancs pliés. Deux hommes (en l'occurrence ici un homme et une femme), c'est l'arrivée du doute, du double, de la joute, du soutien, de la moquerie.

Ne m'en déplaise, te voilà désormais en possession du manuscrit qui raconte l'épopée de Jonas et Suzie-Marie, les Bonnie and Clyde (ou Thelma et Louise, à ta guise). Les sauveurs. Alléluia.

MONA ET PHILIPPE SANDRE-LÉVY

La pause effectuée plus tôt par Mona n'a pas arrangé son ivresse ni celle de Philippe Sandre-Lévy. Le temps nécessaire à la jeune femme pour prendre ses photos a décuplé. L'activité « cliché / page qui tourne, cliché / page qui tourne » se traîne dans un silence vaseux, pesant et concentré.

JONAS et SUZIE-MARIE ARE BORN, ALLÉLUIA
(Nouveau titre)

Chapitre I (du nouveau titre)

Profitant de la sidération de Jonas devant cette proposition brutale et inattendue, Suzie-Marie décida qu'il ne fallait pas le laisser répondre tout de suite à sa suggestion de collaboration. Sans attendre, elle le poussa sur le canapé en lui murmurant qu'il était nécessaire, avant de sceller leur tandem, de tester leur compatibilité sexuelle. Elle avait un pressentiment encourageant à ce sujet ; elle tenait à le préciser pour ne pas dégonfler l'enthousiasme qu'elle avait cru sentir chez son danseur à l'instant. Son intuition était la suivante : cela serait explosif entre eux durant cinq années environ. Leurs ébats prendraient une forme traditionnelle et routinière les trois années suivantes. Ensuite, durant des années qui leur paraîtront longues, leur vie sexuelle serait inexistante, pour enfin – *on a vu souvent rejaillir le feu d'un ancien volcan qu'on croyait trop vieux* – revenir à un rythme de baise folle, par cycles frénétiques, jusqu'à leurs soixante-dix-huit ans. Mais, pour vérifier la pertinence de ses prédictions, Suzie-Marie suggérait de commencer par expérimenter la première étape.

Jonas nageait pour l'instant dans un océan vide ; il se sentait interdit, sot. Il était l'objet obéissant de cette jolie fille qui, était-ce possible, ouvrait le canapé-lit, et allongeait son amant d'un geste dédaigneux. Cette attitude souveraine garantissait à Jonas qu'il n'aurait pas la charge de la créativité du moment, en tout cas dans un premier temps, ce qui le rasséréna.

Tandis que Suzie-Marie se déshabillait en gestes amples façon Bolchoï, Jonas, allongé, reluquait ses seins, plus en chute libre qu'en poire, ce qui ne lui déplut pas. Puis, en un geste qu'il jugea « habitué » sans que cela le contrarie, Suzie-Marie déboutonna son pantalon, et s'occupa de ce qui en sortit avec une joie qui le liquéfia, le désintégra dans une extase mutique.

La fièvre culminait quand Suzie-Marie se mit à psalmodier des grossièretés que la décence ne permet pas d'inscrire ici mais qui, en revanche, s'incrustèrent dans la mémoire de notre héros. (Allez, fi de la pudibonderie ! En voici une ou deux : « Appelle ton hologramme j'en veux plus ! », « Tu vas sucer ma galaxie jusqu'à ce que j'aille sur Barbadel ! » – on remarquera que, pour une raison encore inconnue, Suzie-Marie empruntait sa fantasmagorie érotique au registre de la science-fiction.) Elle plongea ses mains dans sa chevelure, l'empoigna comme si elle y puisait un aphrodisiaque puissant, lui lécha l'oreille un peu trop longtemps (« Pourquoi ? » se demanda Jonas), puis, dare-dare, elle se détourna de l'orifice pour s'abattre sur le dos, lascive. Le jeune homme, qui se laissait mollement ensevelir par le plaisir et l'abandon, comprit que l'heure de l'initiative avait sonné. Très inquiet d'une déroute, d'une débâcle même, qui sonnerait la fin de l'étreinte et donc la fin de tout, il se redressa d'un bond. Mais à sa grande surprise, Suzie-Marie bondit aussi – son répit n'avait dû durer que trois secondes montre en main – et ils se retrouvèrent tous deux assis, face à face, et électriques. La suite n'est que tradition : ils se jetèrent l'un sur l'autre jusqu'à ce que jouissance s'ensuive, avec des cris d'hommes des bois devant un ours polaire. (Est-ce possible ?) Un râle pétulant tint lieu de conclusion. *Mazel tov !*

MONA ET PHILIPPE SANDRE-LÉVY

Philippe Sandre-Lévy se lève brutalement. Ses yeux viennent de tomber sur le récit des ébats de Jonas et Suzie-Marie et c'est comme si Mona les prenait en photo dans leur chambre. C'est indécent. Ce texte ne concerne personne d'autre que lui. Il n'en peut plus de tourner les pages de sa jeunesse devant cette femme inconnue. Ce que lui demande Mona relève de la torture en vérité. Elle a beau lui parler, lui donner à boire pour tenter de le distraire, il se sent outragé.

Sans compter qu'elle est très longue à faire ses clichés, ça n'en finit plus. « Ce sont mes antidépresseurs qui me ralentissent, concède Mona, contrite. Avec le vin rouge, ça se marie mal. » Elle ajoute qu'il ne reste que trente pages. C'est rien, trente pages. Dix minutes, tout au plus. « Oui, eh bien, je m'en fous », répond Sandre-Lévy. Elle n'a aucun droit sur ce texte, il n'y a pas de découvreur de trésor qui tienne ! Elle lira la fin de son manuscrit plus tard. Il le lui enverra. Il promet. Il n'a qu'une parole.

Il a la bouche pâteuse, alors il cesse de parler. Il saisit le document et s'approche de son pardessus qu'il peine à enfiler. Il se hâte.

— Trente pages ! Merde !

C'est ce que hurle Mona, surprise par cette émotion enfouie, presque nouvelle tant elle ne l'a pas traversée depuis longtemps : la colère. Non qu'elle ne comprenne pas ses arguments ni même la confusion que peut générer la situation étrange dans laquelle ils se sont mis, mais elle est sûre qu'elle est aussi l'otage de son égoïsme. L'homme a pris son shoot de nostalgie. Il a eu sa dose. Il s'en va. C'est NON !

Cette colère se répand en pieuvre dans ses membres et son esprit. Et elle l'exprime. Il se prend pour qui ? Ce sont les mots qui sortent de sa bouche sans qu'elle s'y attende vraiment. Et, tandis qu'une stupéfaction lasse s'inscrit sur le visage de Sandre-Lévy elle poursuit, en substance : « Je vais vous dire, moi, ce qui vous met sens dessus dessous. Ce n'est pas uniquement que vous ayez enterré le jeune homme qui a écrit l'histoire de Jonas, non, ce qui vous met sens dessus dessous, c'est que je l'ai retrouvé. Et non seulement je l'ai retrouvé, mais il respire encore. Et ça vous emmerde parce que vous étiez bien confortable dans votre austérité vertueuse et découragée. Vous ne savez pas quoi en faire, de ma trouvaille ! Vous n'avez plus aucun recul sur rien. Vous vous vautrez dans le premier degré et vous vous roulez dedans. Philippe Sandre-Lévy Junior, il s'amusait au moins avec sa détresse, avec l'absurdité de notre monde. Vous auriez aimé que je scelle à nouveau la marche coupable et que je laisse votre fantaisie agoniser une bonne fois pour toutes, mais non ! Le génie s'est échappé de sa boîte et il embaume notre petit appartement du douzième étage. Et vous, moi, puisqu'on est dedans, eh bien on embaume aussi. On pue l'insouciance perdue trop longtemps enfermée. Et c'est un parfum tenace, ne vous en déplaise. Non que j'adoube la gaudriole – j'ai détesté, pendant mon hospitalisation, tous ceux qui guettaient mon premier rire comme on épie le rot d'un nourrisson –, mais le fait est qu'elles me régalent les aventures de Jonas. Ça ne paie pas mon loyer, mais ça me donne envie de prendre le RER jusqu'à Enghien, si vous voyez ce que je veux dire.

» Je suis sûre que les fêtes que vous filmez pour votre société, là, vous ne les voyez même plus. Votre dépression, contrairement à la mienne, elle n'a pas dit son nom. Vous savez quoi ? on est deux impuissants, vous et moi. C'est pour ça qu'on ne rigole pas beaucoup. Le monde nous échappe et on le découvre avec ses couchers de soleil foudroyants, ses exils, ses aurores boréales et ses injustices à pleurer. Ses progrès, ses succès aussi. On patauge dans nos petites vies, coupables de torpeur. On est si impuissants qu'on fait peine à voir. J'ai pas fini de lire l'histoire de Jonas, mais lui, au moins, il essaie des trucs. Et Philippe Sandre-Lévy Junior, quand il écrivait son histoire, il essayait un truc aussi. Et il s'amusait. Il fanfaronnait, mais il s'amusait.

» Vous avez bien fait de venir jusqu'ici. Parce que c'est ici, dans ce casier, qu'il y a votre salut. Vous devriez imiter Jonas et son frigo en y fourrant votre tête.

» Je ne sais pas ce qu'on va devenir. On crèvera peut-être de cirrhose dans nos banlieues tourmentées, mais il faut récupérer le "je ne sais quoi" de Jonas, le "presque rien", le décalage, garder le pas de côté, vous voyez, la fantaisie… »

Et Mona se plante devant Sandre-Lévy et se déplace d'un pas. Puis d'un autre pas. La colère et le vin s'entremêlent, cocktail cocasse. Elle dit « Fantaisie ! Fantaisie ! » et l'addition de ces petits bonds et de ces « Fantaisie » crée une danse singulière, horizontale, sautillante. L'appartement n'est pas grand ; elle repart dans l'autre sens et continue « Hop ! Fantaisie ! Pas de côté. Pas de côté. Hop. Hop. » La danse se répand dans le logis et semble une chorégraphie d'avant-garde. Pas encore au point mais prometteuse.

Alors, sans sommation et à la grande surprise de Mona, Sandre-Lévy, serrant toujours contre lui le manuscrit, se positionne à côté d'elle, et, brimbalant comme un agneau nouveau-né à la recherche de son équilibre, il tente de reproduire le pas de danse et le refrain. « Fantaisie ! Comme ça ! Hop. Hop. Pas de côté. Pas de côté. Décalage. Décalage. Audace. Tentative. » Mona n'en revient pas. Oui, c'est bien Philippe Sandre-Lévy qui s'est branché sur sa foulée. Il a l'expression concentrée de l'enfant à vélo sur une pente soudain trop raide. « Hop ! Hop ! » On croirait deux valets répétant un menuet dans une chambre de bonne. L'alcool n'est pas pour rien dans l'anarchie des figures, mais le fait est qu'elles ont une certaine grâce. Même si les pas s'embrouillent, la griserie de la danse rend les corps de Mona et Philippe souples, libres, élastiques, aussi dynamiques et vivants que l'eau, le vent, la fumée ou les flammes sur un tas d'herbes sèches. C'est la vie qui tourbillonne, se soulève et virevolte. Mona se met à chanter « *woo woo* » à la Howlin' Wolf. Et Philippe s'y met aussi. « Hop hop *woo woo* », « décalage, fantaisie, *woo woo* ». Ils accélèrent, tournent sur eux-mêmes, ils ne se possèdent plus. Ils s'excitent et s'exaltent jusqu'à être hors d'haleine, au bord du vertige.

L'éclair de lucidité choisit de se poser dans les yeux de Philippe. Quand ce dernier se voit sautillant et pirouettant au milieu de salon, il se met à sourire. Cette agitation endiablée ne va ni à l'un ni à l'autre en vérité. Malgré l'étourdissement de la danse et du vin, Mona parvient aussi à prendre un léger recul, et sourit à son tour. Puis ils se mettent à rire franchement. Très franchement. L'éclat ne dure pas si longtemps, mais il pète comme une fusée de fête nationale qui s'élèverait dans le ciel du salon.

Chapitre 2 (du nouveau titre)

Après l'amour, tels *lambda* et sa *quiconque* Jonas et Suzie-Marie s'endormirent. Leurs corps se touchaient par endroits mais la pudeur les privait de s'enlacer ; leurs jambes et leurs bras mêlés auraient valu alliance. S'aimaient-ils ? L'auteur de ces lignes, chère lectrice, serait bien aise d'avoir ton point de vue. Qu'est-ce que l'amour ? Est-ce se désirer ? Avoir envie de passer du temps ensemble, demain et après-demain ? Est-ce ce petit vent indéfini qui entre par la fenêtre restée ouverte et vient s'enrouler simultanément sur les hanches du jeune homme et de la jeune femme ? L'amour veut-il le bien de l'autre, autant que celui de l'un ? L'amour accepte-t-il l'hibernation de Jonas et les libertinages de Suzie-Marie ?

L'amour est-il un dieu fluorescent créé par l'homme pour attirer les mouches perdues dans la nuit ? Et si seules quelques âmes pouvaient accéder à l'amour absolu puisque seules quelques âmes (bien névrosées ?)

accèdent à la foi authentique ? L'amour, on aimerait ici le résumer en une phrase à placarder sur le frigo : « L'amour c'est regarder bla bla dans la même direction. » « L'amour c'est 1 + 1 = 1bla bla. »

Déposons l'amour hors de ces pages, lectrice, comme un problème à résoudre un jour, qui sait, l'un contre l'autre… « L'amour, l'inaccessible étoile… »

MONA ET PHILIPPE SANDRE-LÉVY

À nouveau côte à côte sur le canapé, ils se sont resservi à boire, et ils sourient. La détermination de Mona a eu raison des ultimes réticences de Philippe Sandre-Lévy et les dernières pages ont été photographiées dans l'élan de la chorégraphie. L'homme a simplement exigé d'inverser les rôles. C'est elle qui tournait les pages, c'est lui qui prenait les photos. Cela accéléra le processus et il se demanda pourquoi il n'y avait pas pensé plus tôt. Il soupçonna son inconscient d'avoir consenti à cette lenteur pour lui permettre de flotter au-dessus de ce texte et ses effluves du passé.

Ils sont épuisés mais débarrassés. Ils ne savent pas bien de quoi… Sans doute de ce qui les opposait tant. Son désir à elle de garder ce manuscrit, son désir à lui de le faire disparaître. Elle lui a promis qu'une fois lus elle jetterait les clichés dans la corbeille du téléphone. Il l'a crue, grâce à leur petite danse qui a tissé un fil de confiance et de reconnaissance entre eux.

— Vous voulez toujours savoir comment *Jonas Is Born* s'est retrouvé là ?

Mona acquiesce d'un infime mouvement de tête, de crainte que le moindre souffle articulé ne change les plans de son hôte.

Prétention stupide de la jeunesse. Mona l'a compris, Sandre-Lévy a habité cet appartement quand il était étudiant. Il fréquentait un groupe d'amis qui venaient souvent chez lui pour des disputes farouches et des désœuvrements en communion. Rachid, Florian, Martin. Ils étaient marginaux dans leur école de commerce. Anarchistes approximatifs – de droite et de gauche –, ils remettaient crânement en question beaucoup de leurs apprentissages. Conscients par ailleurs de la vanité des choses, désenchantés et contestataires, ils partageaient le goût du cinéma et du sport et se regroupaient ici autour de l'une ou l'autre de ces occupations. Devant leur écran, ils hurlaient pour un but ou s'épataient d'un mouvement de caméra. Ils se perdaient dans les pixels bleus et dans les exhalaisons de mauvaise bière. Quelquefois, Audrey Bardeau, sa voisine de palier, se mêlait à leur soirée. Elle était sublime. Cheveux longs châtains souvent lâchés sur ses épaules, pétillante, impertinente. Il était tombé fou amoureux d'elle. Elle prenait part à leurs débats qu'elle tranchait toujours avec une indulgence complexe. Pas une miséricorde chrétienne qui reposerait sur le pardon et la faute ; ni une tolérance freudienne qui s'appuierait sur une analyse du ça et du surmoi ; non, elle faisait des détours sensibles par la poésie, l'expérience de vie, l'imaginaire, pour arriver à une conclusion inaltérable : « D'une certaine façon, je comprends. » Elle comprenait tout, et la petite troupe caustique, immature et pointilleuse qu'ils formaient ne voyait pas la faille dans ses raisonnements. Ils acquiesçaient.

Étudiante en biologie, matière dont elle vénérait l'immensité du champ, elle lisait par ailleurs beaucoup de romans, avec égarement, excès, quand elle marchait, déjeunait ; elle lisait dans les transports, sur les bancs, dans les salles d'attente ou les files de supermarché. Elle était sûre que sa façon de conduire sa pensée venait de là. Légèrement plus âgée qu'eux, elle leur reprochait leur niveau zéro de culture littéraire. Elle opposait leur goût du cinéma, trop simple, trop passif à ses yeux, à sa passion de la lecture, profonde et engageante. Selon elle, il n'y avait rien de mieux pour revisiter le monde. La lecture, c'était le jogging de l'esprit.

Pour la séduire, et attirer davantage son attention qu'il sentait diluée par la bande, Philippe fut pris d'une inspiration : puisque les romans entraient en elle pour forger son discernement, il allait écrire un roman pour « entrer en elle ». Il rédigeait plutôt pas mal et avait eu de bonnes notes en français grâce à cette aptitude ; mais il ne lisait pas. Pas du tout. Il ne lui échappait pas que s'il voulait écrire un ouvrage correct, il fallait qu'il « bouffe de la littérature ». Mais par quoi commencer ?! Comment sélectionner ? Il eut alors une idée farfelue. Il avait sympathisé avec la responsable de la bibliothèque de Rosny où il savait que sa voisine empruntait ses livres et lui avait demandé de le prévenir dès qu'Audrey ramenait un ouvrage. Il l'empruntait à sa suite. Ainsi, il écrirait sous l'influence d'œuvres qui avaient, pour le moins, éveillé la curiosité de sa dulcinée et qu'elle avait tenues en main.

Il avait donc cessé d'aller au cinéma, de suivre le football, de jouer à Tetris, toutes ces choses passionnantes, pour s'absorber dans des livres que la bibliothécaire, grande femme érudite à robes amples, se plaisait à commenter : les choix d'Audrey lui donnaient le tournis ! Des classiques, des nouveautés, de la philosophie, des bluettes, elle s'y perdait. C'est ainsi que Philippe passa de Philip Roth à Régine Deforges, de Sagan à Nietzsche, de Rabelais (il n'était pas allé au bout de *Gargantua* et il soupçonne Audrey de n'y être pas parvenue non plus) à Kundera – on dirait bien qu'il n'a pas prononcé ces noms depuis une éternité. Malheureusement, il doute que ces grands textes transpirent dans le sien. Le peu qu'il en a aperçu tout à l'heure l'incite plutôt à supposer que ce sont ses lectures adolescentes (le Talmud, lu en fragments distillés par sa grand-mère, le *Don Quichotte* de Cervantès et ses dérivés) qui ont servi d'encrier à son inspiration primesautière et que le reste est passé par pertes et profits… N'écrit-on pas toujours le livre que l'on aurait aimé lire adolescent ? Quoi qu'il en soit, les volumes empruntés derrière sa voisine ne furent pas totalement inopérants, car tandis qu'il écrivait, un rapprochement avait eu lieu entre eux. Ce n'était pas qu'une illusion, Audrey toquait de plus en plus souvent à sa porte. Elle prolongeait leurs soirées pour se confier, rire avec lui, approfondir certaines de leurs réflexions. Il prenait garde à ne pas laisser traîner ses lectures afin de ne pas trop éveiller ses soupçons, mais, rusé, il fonctionnait par écho et il voyait bien que cela intriguait Audrey. « C'est marrant, s'exclamait-elle, Marguerite Duras fait exactement la même remarque que toi sur la vanité des objets… — Ah bon ? » feignait de s'étonner Philippe. « Ce que tu viens de dire sur “l'amour de son destin”, c'est tout à fait ce que soutient Nietzsche. — C'est dingue… »

Il y avait néanmoins une zone d'ombre entre eux : Philippe était persuadé que la jeune femme était tourmentée par une chose qu'elle ne formulait pas. C'est d'ailleurs cela qu'il évoquait dans son *Jonas Is Born* en écrivant : « Quel que soit ton souci, il le réparera. » Lorsqu'il la sondait sur ce sujet, elle passait la main dans ses cheveux avec une moue désolée : c'était trop intime pour le lui révéler.

Un mardi – ils approchaient des examens de fin d'année scolaire et se motivaient habituellement pour se coucher de bonne heure en semaine –, Audrey était venue le voir. Il régnait une étrange atmosphère. Elle ne disait presque rien. Lui non plus. Quelques mots décousus, comme des leurres lancés avant la chasse. Et pourtant, elle ne partait pas. Fallait-il qu'il se déclare ? Ce n'était pas dans ses plans, car il n'avait pas tout à fait achevé son texte qui devait tenir lieu de manifeste amoureux. De toute façon, il lui semblait que ce n'était pas ce qu'elle attendait. Il avait plutôt l'impression qu'elle guettait la fatigue, la désinhibition de la fatigue. Ce moment où son effet se rapproche de celui de l'alcool. Quand cet instant arriva, envahie par l'épuisement et l'hébétude, elle lui avoua, presque dans un bâillement, ce qui l'oppressait depuis plusieurs semaines : elle était très éprise… profondément éprise… follement éprise… de Martin. Un des trois membres du groupe. Son destin d'enfant passé de famille d'accueil en famille d'accueil la bouleversait. Elle était impressionnée par sa force de vie. Elle le trouvait beau aussi, d'une beauté opalescente, impénétrable et fière. Philippe faillit s'étouffer de douleur. Est-ce qu'il avait écrit ce roman pour rien !? Était-il le dindon de la farce ? Il était d'autant plus dépité qu'il savait que Martin était lui-même sous le charme d'une étudiante de leur classe – qui elle-même se liquéfiait devant leur professeur de macroéconomie. Tous ces chagrins en chaîne l'étourdissaient.

Il tenta ce soir-là de révéler malgré tout ses sentiments à Audrey, mais n'y parvint pas. La jeune femme ne lui laissait pas la place. Chaque début de phrase se fracassait sur un refus muet qui s'exprimait par Martin interposé. Martin par-là. Martin par-ci. La volonté de Philippe était sonnée. Vaincue. Il ne confessa rien à sa voisine qui rentra se coucher, libérée d'avoir pu enfin parler de ses émois.

Philippe était à l'époque en pleine correction de son roman. Il le *peaufinait* avant livraison. Il ne le livra donc jamais. Il ne peaufina plus. Il ne voyait qu'une issue : le détruire.

Mona écoute, silencieuse. Certes, elle est émue par la douleur qu'a dû ressentir le jeune Sandre-Lévy, mais elle est saisie surtout d'un trouble tout personnel, qu'elle n'avait pas anticipé : « la lectrice » à qui s'adresse le narrateur de *Jonas Is Born*, ce n'est pas elle. Soit. Mais c'est quelqu'un ! Quelqu'un qui a un prénom et un nom. Audrey Bardeau. Elle prendrait bien un antidépresseur pour atténuer l'absurde déception de cette évidence. Elle demande juste :

— C'est elle qui aimait le blues ?

— Non… ça, le blues, c'est moi.

Audrey aimait la chanson française. L'alliance de la poésie et de la ritournelle. Elle reprochait au blues d'être une musique répétitive. Pour lui, au contraire, le blues c'était l'inattendu. Les traits de chant qui émergent après une longue plage instrumentale, les têtes de musiciens baissées sur leurs chaussures, ou levées vers le plafond, comme si la partition y était écrite. La répétition des boucles, oui, lancinante et obsessionnelle mais jamais tout à fait à l'identique : un rythme, un thème est modifié. La routine du blues est une illusion. L'harmonica, la contrebasse, la guitare ou la cithare peuvent fuser ou s'installer à tous moments. Il avait sans doute espéré, par ces références dans le roman, éveiller la curiosité de sa voisine. Il n'a pas pu. Mona s'empresse de lui rappeler qu'elle aime cette musique, elle ! Elle n'écoute que ça depuis toujours ! Elle ajoute d'ailleurs que s'il n'avait pas fait allusion à Howlin' Wolf dans son premier chapitre, elle n'aurait à l'évidence pas poursuivi sa lecture, et « nous n'en serions pas là ».

C'était un tel hasard ! Philippe reconnaît que l'argument a dû peser aussi pour qu'il accepte d'entrer chez elle. Une femme qui écoute du blues ne peut pas être foncièrement mauvaise.

Ils se sourient. Mona aimerait parler encore de la musique blues. Du vieux blues surtout. Son parfum d'Amérique noire, ces chants d'abandon qui créent en elle des images intriquées d'esclaves et de chemin de fer en construction. La douleur et l'ouverture. La souffrance et l'énergie.

Mais elle a tant patienté pour comprendre l'histoire du texte clandestin qu'elle renonce à cette discussion. Elle craint de couper l'élan de la confession. À croire que durant ces deux heures passées entre ces murs, les mots s'étaient entassés dans la bouche de Philippe, à l'instar de ceux de Jonas durant sa retraite, et qu'à force d'alcool et de secousses le barrage de pudeur avait sauté. Elle relance d'un simple : « Et ensuite ? »

« Voilà une journée qui commence mal ! » avait lancé Florian le lendemain de ce fiasco – c'était une phrase codée qui les faisait sourire les jours de drame. Philippe leur avait confié depuis longtemps sa folle initiative sentimentale et littéraire. Qu'est-ce que ses potes pouvaient faire pour lui ? Ils étaient désolés – Martin plus encore – et voulaient l'aider. Philippe proposa de foutre son roman dans une marmite et d'y mettre le feu. Ou de le jeter feuille à feuille par la fenêtre ou de le piétiner jusqu'à ce qu'effacement s'ensuive. L'ingénieux Rachid s'insurgea et suggéra un cérémonial. Philippe allait imprimer et relier son ouvrage, puis ses amis viendraient à l'appartement (Sandre-Lévy fournirait les bières et les pizzas) et il le leur lirait. Ensemble, ils décideraient de son sort. Philippe avait salué le courage et la générosité de l'idée, et il avait accepté. La lecture avait pris plus de quatre heures – magnanime, il leur avait épargné quelques passages. Ils avaient écouté religieusement. À l'issue de la séance, ils lancèrent le débat d'ivrognes : Rachid le jugeait donc « intrinsèquement *génial* », Martin « intrinsèquement *nul à chier* » et ils finirent, dans un festival d'ironie et de saillies, par conclure qu'il ne fallait pas jeter cet ouvrage, car seule la postérité pourrait trancher, et que, quelle que soit sa qualité d'ailleurs, ce texte pourrait un jour devenir un marqueur de l'époque. Une archéologie précieuse. Un fossile. Une peinture rupestre. Une amphore. Il fallait absolument l'enterrer quelque part. Qui pouvait garantir qu'une attaque nucléaire ne détruirait pas la planète tout entière d'ici quelques années. Ni le football ni le cinéma ne résisteraient à ce désastre. Alors, ne resterait que l'écrit. L'écrit. Seule trace souveraine pour l'éternité.

La soirée avait dérivé et ils avaient cherché un lieu sûr pour cacher ce texte éminent. C'est Martin (Philippe Sandre-Lévy précise à Mona qu'il est mort il y a peu d'un accident de voiture) qui avait nommé l'endroit. Il était lui-même assis sur une marche de la mezzanine et, dans son ébriété décomplexée, il avait dit « Et si on le cachait sous mon cul ?! », ce que l'assemblée avait estimé « de la bombe » et c'est ainsi que l'idée de l'enfouir dans la marche d'escalier puis de sceller solidement le battant de la contre-marche était née.

Ils avaient passé une partie de la nuit à chercher la perceuse et l'autre partie de la nuit à chercher la visseuse, mais le fait est qu'au petit matin le texte était exilé dans son casier hermétique, pour, croyaient-ils, des siècles.

— Une éternité de vingt ans environ, dit Mona.

— Oui. C'était en 2000. Plus de vingt ans.

— Et Audrey Bardeau ?

— Quoi ?

— Elle l'a su ?

— Non. Je n'ai jamais osé lui en parler. L'exemplaire dissimulé était le seul exemplaire imprimé.

Le lendemain de cette soirée, dépité, Philippe avait mis à la poubelle le fichier informatique.

Quand il avait quitté l'appartement, en 2004, il avait hésité à ouvrir sa cachette pour récupérer le manuscrit, mais y avait renoncé. Il s'était tenu à la promesse faite à ses amis qu'il avait pourtant déjà perdus de vue. Il s'est parfois demandé si quelqu'un l'avait découvert et ce qu'on en avait fait. Puis il a oublié, pris par la mélopée de sa propre vie.

Mona est désarçonnée. Elle n'avait pas imaginé tout cela derrière ce « roman ». Elle n'avait pas imaginé grand-chose, en réalité, tant Sandre-Lévy lui avait paru distinct du texte qu'elle lisait. Elle s'en veut de sa colère de tout à l'heure. Elle devine que son refus de *Jonas Is Born* n'est pas seulement associé à sa jeunesse, il est aussi enchaîné à un cruel chagrin d'amour.

Comme s'il entendait ses pensées, Sandre-Lévy reprend : Mona avait raison dans sa colère tout à l'heure. Sa façon d'être a été modifiée par le ressac incessant du temps et il ne reste de celui qu'il était à vingt ans que des contours vagues. Mais pourquoi son immaturité d'autrefois aurait plus de prestige que son sérieux actuel ? Il n'aime pas cette dévotion à la joie en vogue aujourd'hui. Et encore moins depuis que Léa, son ex-compagne, l'a quitté voici quatre ans pour un homme « solaire ». Oui, c'est ce qu'elle lui disait. « Lui, au moins, il est solaire. » Depuis, Philippe proscrit tout ce qui se voit qualifié de « solaire ». Tous les « rayonnants », « lumineux » que vous voulez, mais pas « solaire » ! Tous les systèmes que vous voulez, mais pas « solaires ». Toutes les énergies aussi, sauf « solaires » ! Philippe Sandre-Lévy ne veut plus entendre ce mot de toute sa vie.

Mona sourit. C'est qu'elle croit distinguer dans cette diatribe pince-sans-rire, un regain de l'auteur de *Jonas Is Born*. Entre sa petite danse tout à l'heure, son récit à l'instant, Sandre-Lévy change de physionomie. Un coiffeur, un maquilleur, n'embellirait pas mieux son visage que ne le font ses souvenirs. Il n'a plus rien à voir avec celui aux sourcils rentrés, à la mâchoire en mur de prison, qui l'attendait au bar du Lac. Sandre-Lévy se transforme à vue d'œil comme ces tableaux de Soulages que le docteur Di Bonna lui avait conseillé d'aller voir au musée de Rodez, dont le noir profond devient lumineux selon l'axe et la lumière.

— ... Moi, ce qui m'étonne, c'est que vous dites que vous n'aimez pas la joie alors que votre métier, dupliquer des films de famille, filmer des fêtes, c'est plutôt gai, non ?

Sandre-Lévy confirme. Il n'aime pas la joie. Mais il ne dresse pas non plus un autel au désespoir ; le satisfecit des angoissés, la médaille autoproclamée hype des pessimistes, ce n'est pas son truc. Il en veut simplement au jeune homme qu'il était de n'avoir pas choisi une activité plus impliquée, plus utile au monde. C'est ainsi. Mona ne croyait pas si bien dire quand elle lui a reproché de ne plus voir les fêtes qu'il filme. Parce qu'en vérité, il a renoncé voici plusieurs années à y assister et à tenir la caméra. Ce n'est plus lui qui filme. Il laisse cette charge à ses employés. Il se contente de gérer les commandes, de suivre les factures, les déclarations d'impôts, d'assurer les rendez-vous commerciaux.

Faute d'être utile, il tente d'être responsable. Il a une boîte à faire tourner. Et ce n'est pas simple.

— Ça fait longtemps que vous l'avez, cette boîte ? interroge Mona, comme si elle demandait à un sherpa depuis combien de temps il porte sa charge.

— Quelques années après la fin de mes études, répond Philippe.

Le début de sa carrière avait été mouvementé. Pris en stage puis embauché dans une société audiovisuelle spécialisée dans les émissions quotidiennes – le flux –, il avait commencé à rêver de production de cinéma. Il se voyait bien, plus tard, entremêlant ses deux passions, le septième art et la gestion, pour devenir un cador qui arpente les tapis rouges. Mais lorsqu'il avait découvert l'aridité de la bagarre, il avait réduit ses ambitions. Il était trop sensible et trop étourdi pour affronter ce monde-là. C'est de ce constat qu'était née l'envie de se lancer dans une aventure à sa mesure, avec une idée lumineuse : créer une boîte qui, outre réaliser et monter des films de famille pour les divers événements heureux d'une vie, aurait un département pour convertir en numérique les vieilles VHS ou films super-8 que chacun avait gardés chez soi. Léa, qu'il venait de rencontrer, tenait un cinéma à Beauvais. Il l'a suivie, et c'est là-bas qu'il a loué d'abord, puis acheté, un local rudimentaire. Il l'a métamorphosé en une boutique sur trois niveaux qui a des airs de musée. Son bureau victorien trône à l'étage ; quelques photos « collector » de cinéma sont suspendues aux murs et forment presque un récit. Au rez-de-chaussée, la partie « vente et accueil » donne sur la rue. Des caméras, des bobines, des projecteurs savamment agencés quadrillent l'espace par ailleurs assez désordonné et chargé d'articles vintage commercialisés : des vieux supports d'enregistrement, lecteurs préhistoriques, bancs de montage d'un autre temps qu'il chine dès qu'il a un moment. Bien sûr, on y voit aussi quelques étagères d'indispensables (câbles, cartes mémoires, etc.) pour dépanner le client. La partie la plus pittoresque est au sous-sol. C'est ici qu'il avait installé ses trois mini-studios de duplication et de montage – il n'en a plus qu'un aujourd'hui –, les ordinateurs dernier cri y côtoient les anciennes bécanes à disquettes. Les écrans, les câbles, les magnétoscopes, les lecteurs de cassette, de CD, de DVD, tous en ordre de marche, avec leurs petites lumières, leur soufflerie et leurs bips qui donnent l'impression d'être dans les tréfonds d'un laboratoire aux intentions obscures. Les trois studios faisaient le bonheur de la clientèle qui y trouvait ce qu'elle venait y chercher : la nostalgie et la modernité mêlées.

Sandre-Lévy eut donc ainsi quelques années d'expansion fulgurante – et de bonheur conjugal. Tout le monde voulait sauvegarder ses souvenirs, les graver dans le marbre des nouvelles technologies. Il embaucha beaucoup. Il fit des dons réguliers à des associations, il but des verres de vin blanc sur sa terrasse en tenant ses comptes bienheureux. Il était un homme comblé.

L'entrepreneur juvénile aux accents rêveurs n'avait pas anticipé que la copie de VHS et de super-8 était une denrée épuisable et que la pénurie de commandes serait brutale. Vinrent ensuite des temps plus durs et douloureux où, après avoir tout fait pour l'empêcher, il dut réduire son activité et surtout licencier quatre des sept employés qu'avait comptés sa boîte. Deux d'entre eux étaient jeunes et ont su rebondir, mais deux autres, quinquagénaires, ont été abandonnés sur le marché du travail des seniors dans des années de chômage effréné. Il eut la sensation de les jeter dans le vide. Cette cruelle décision se coupla d'insomnies et de grognements amers incessants, de « contrariétés » et de « chocs », qui finirent par agacer Léa, avec laquelle, de surcroît, il ne parvenait pas à avoir d'enfant.

Il reconnaît qu'il n'était pas à la hauteur de cette tempête. Incapable d'encaisser les griefs de ses employés, la lourdeur des démarches administratives, les injonctions de son comptable. Il avait mal partout. Il le disait. Il découvrait le dilemme, la souffrance qu'on inflige malgré soi, la honte aussi, cette mouche qui tournoyait autour de lui et de ses licenciés, évidemment. Il s'en voulait d'être un « patron ». Il s'en plaignait. Beaucoup sans doute. Tout le temps. Lasse, Léa décida de se consoler dans les bras d'un professeur de sport qui, selon sa définition, était « solaire », donc.

Désormais, quand il rentre d'une journée de travail, il a la sensation que s'il va se divertir en concert, au théâtre, au cinéma, s'il ne met pas encore toute son énergie à lire des revues de management, il ne saura pas anticiper les soucis à venir et la catastrophe arrivera : le dépôt de bilan.

— J'ai oublié de prendre mes antidépresseurs…

Ce sont les mots que prononce Mona. Sandre-Lévy croit d'abord à un trait d'humour mais non, force est de constater que son soliloque a rappelé à la jeune femme qu'elle avait « oublié ses antidépresseurs » ! Elle se lève, disparaît dans la cuisine et revient avec des cachets. Tandis qu'elle avale sa chimie en vidant son verre de vin, Sandre-Lévy, coupable, s'empresse de dire que « tout va bien, hein... ». Il est content d'être là. Finalement. D'abord parce que le nectar italien l'a emporté sur la migraine : il lui en est reconnaissant. Ensuite, parce qu'en dansant tout à l'heure il a eu une étrange sensation de plénitude qui, on ne sait pourquoi, lui a rappelé la victoire de la France en Coupe du monde 1998.

— La victoire de la France en 1998 ?

Sandre-Lévy confirme, et on voit quelques effluves d'alcool dans son hochement affirmatif. Absolument. France 1998. La tête de Zidane. Le 3-0. C'est ici qu'il l'avait vue. Audrey était venue en voisine et avait crié avec eux. C'était la première fois qu'ils passaient un moment en sa compagnie. Elle n'y comprenait rien. Martin avait fumé un peu, il avait fait le poirier au coup de sifflet final. Philippe l'avait rejoint et ils avaient marché sur les mains. Rachid avait dit « c'est aussi l'Afrique qui a gagné » et ils s'étaient mis à chanter *7 Seconds* de Youssou N'Dour dans le salon. L'Afrique était devenue leur sujet. D'abord le mafé, les déserts, l'afro-blues ou le Cameroun de Roger Milla. Puis, la nuit et l'alcool aidant, la palabre avait dérivé vers l'Afrique souffrante. Les richesses du continent victimes des séquelles de la colonisation. Les guerres fratricides. Leur veillée n'avait plus du tout une tête de soir de victoire en Coupe du monde. Ils avaient évoqué le Rwanda et leur étonnement devant ce que l'homme peut produire d'abominable, avant d'oublier. Les corps d'enfants ouverts à la machette, les femmes violées et égorgées, les dénonciations intrafamiliales… « Allons petites baïonnettes / un fer à repasser dans une main / lisser les plis de la mémoire. » Philippe est tombé récemment dans un journal sur ces vers de Beata Umubyeyi Mairesse. Ils l'ont bouleversé et lui ont remémoré cette conversation funèbre qui avait, comme une coulée de lave, emporté la Shoah sur son passage – la Shoah dont sa grand-mère Ida, qu'il aimait plus que tout, lui avait si peu parlé, alors qu'elle y avait perdu ses deux parents. Bref, les jeunes empathiques et indignés s'étaient embourbés dans les tréfonds croupissants de l'âme humaine. Martin s'était demandé où se nichait, dans leur corps si mortel, le gène de la sauvagerie. Audrey, qui se passionnait pour la biologie cellulaire et moléculaire, avait promis qu'elle le localiserait et mettrait au point la formule chimique pour l'anesthésier. Philippe avait plébiscité ce projet ambitieux et philanthrope. « Bravo Audrey ! » D'autant que ça lui paraissait réalisable. On a des pieds pour se déplacer. Un sexe pour se reproduire. Une bouche pour proférer. Il y a bien un gène pour être sauvage.

Martin et lui avaient refait le poirier et re-marché sur les mains. C'était leur seule réponse ce soir-là aux abominations qu'ils venaient de convoquer.

— Vous voulez m'achever, avec vos souvenirs sinistres ? Vous voulez me renvoyer à l'hôpital ! C'est pas possible ça…

Sandre-Lévy s'esclaffe. Il n'y peut rien si ses souvenirs ne sont pas d'un seul bloc divertissant. Il avait beau écrire *Jonas*, il n'était pas beaucoup plus gai qu'aujourd'hui. La fantaisie était dans le texte, pas en lui !

Mona ne tarde pas à répliquer :

— Si, quand même… quand on fait le poirier, on est toujours plus gai que quand on ne le fait plus.

Puis brusquement, elle se lève. À son équilibre précaire, Philippe se dit qu'elle est encore sous l'effet de l'alcool, d'autant que durant son récit il a rempli les verres vides, histoire d'achever la bouteille… Elle se dirige vers son bureau, prend son ordinateur et revient s'asseoir. Elle cale l'objet sur ses genoux. Elle dit : « Il est temps d'agir. Et c'est toujours plus simple d'agir pour les autres que pour soi. »

Elle précise que tout ce que Philippe vient de lui confier sur son métier et son angoisse associée l'a alertée. Elle veut consulter son site MyVideo. C'est important, un site. C'est l'empreinte ADN de l'entreprise. Elle veut vérifier que ses grandes théories neurasthéniques – et elle sait de quoi elle parle – ne transpirent pas dans le contenu de son portail. Elle navigue sur Internet à longueur de journée. Elle peut affirmer sans exagérer que certains sites ne sont pas pour rien dans la sévérité de sa dépression. Sandre-Lévy sourit et s'empresse de dire que, contrairement à eux ce soir, ses pages Web sont très sobres. Il mise sur la qualité du service, pas sur le strip-tease de la vitrine.

Mona manipule son ordinateur avec la dextérité de la programmeuse informatique qu'elle est. Cela dure un peu. Cela dure encore. Elle est absorbée. Elle s'anime et son air insolent et déterminé surprend Philippe. On dirait bien qu'il y a un groupe de dynamic blues en elle, qui commence à harmoniser ses instruments. Ligne de basse. Riff de guitare. Cymbales. Excitation maximale.

— Vous êtes sur ma page d'accueil, là ? demande Sandre-Lévy.

Mais Mona ne répond pas. L'ébriété contraint parfois à s'économiser. Son invité n'a pas la force non plus de pousser son enquête ; il écluse encore. Pourtant il lance, sans vraiment de raison :

— À propos de « sinistre », est-ce que vous connaissez l'histoire des deux types qui jouent au golf quand un cortège mortuaire passe ?

Mona ne répond pas, alors il continue :

— Deux hommes jouent au golf pendant qu'un cortège mortuaire passe au loin. L'un d'entre eux interrompt la partie pour ôter son chapeau, respectueusement. Quand son partenaire le félicite pour son comportement chevaleresque, le premier rétorque : « Nous avons tout de même été mariés pendant quarante ans... »

Mona laisse échapper un « ah » qui sonne à la fois comme un rire et un sursaut de satisfaction.

Une rougeur gagne ses joues et monte jusqu'aux oreilles. On pourrait croire un instant que c'est la blague qui a produit cet effet, mais Mona se racle la gorge et murmure que ça y est. Elle a pénétré dans le site Web de MyVideo – elle était hackeuse dans ses toutes jeunes années – et elle a tenté quelque chose. Philippe Sandre-Lévy se raidit façon bar du Lac. Inquiet. Elle a tenté quoi ?

— Puisque votre site est aussi triste qu'une pompe funèbre, ça m'a donné une idée à la Jonas. Une idée de nouveaux services à proposer à votre clientèle. Si on ajoute du glauque au glauque, ça donne quoi ? De l'humour, non ? Je vous lis ? Je crois que c'est drôle.

Et sans attendre la réponse, elle énonce :

— « Divorces. Offrez-vous le film de ce mauvais souvenir en cadeau. Un jour vous en rirez sans doute. Votre rupture à moitié prix. » « Enterrements. Faites une vidéo pour garder une trace du dernier au revoir à l'être aimé. Discours, musique, homélie, kaddish, takbir. L'éternité en promotion pendant quinze jours. »

Philippe est une buse à l'affût. Ses serres implantées dans l'écorce du canapé, il répète :

— L'éternité en promotion ?

— Oui. Je vous laisserai entrer les tarifs.

Mona a toujours son air concentré, mais son impertinence déborde par tous les pores de sa figure.

— « L'éternité en promotion »... répète-t-il.

Il tourne sa tête à demi, en quête de la réaction juste. Puis :

— Je vais avoir des plaintes… c'est sûr. Des mails outrés.

Mona compatit. C'est un effet secondaire possible de sa tentative. La plaisanterie n'est pas toujours prise pour ce qu'elle est. Elle propose :

— On le retirera plus tard, quand on sera à jeun.

« Ah ah ! » Un éclat de rire ou plutôt une détonation surgit de la neutralité de Sandre-Lévy. Ça le surprend lui-même. Généreux, il le confesse :

— N'empêche que c'est drôle. Ça me fait rire.

Même s'il est revenu à son impassibilité, il semble sincère. Mona est flattée.

— Ah bon ? C'est à force de vous lire. Ça stimule.

— « L'éternité en promotion. » Ça sonne.

Le silence se love dans l'espace laissé par leurs méditations. Mona le rompt :

— Vous n'avez pas faim ? Je crève de faim !

Comme il n'y avait rien dans le frigo, Mona a proposé à Philippe de sortir. Elle a repéré un petit restaurant turc qui sert des pizzas tard le soir, pour sept euros. Elle rêve d'y amener bientôt Madeleine. Elles avaient cette habitude, avant, de déjeuner dans des bouis-bouis en jouant aux princesses. Sandre-Lévy a concédé qu'il pourrait manger n'importe quoi tant il lui apparaissait indispensable de colmater son ivresse. Une pizza turque à sept euros irait très bien.

Ils marchent désormais. Il faut quitter la cité et se diriger vers le quartier voisin. L'air est doux et les lampadaires ponctuent le silence de reflets jaunes réguliers. Dans l'ascenseur, Mona a questionné Sandre-Lévy sur sa jeunesse à Rosny-sous-Bois : comment avait-il atterri dans cet appartement ? Il a évoqué l'école parisienne choisie pour fuir Rouen et une famille trop engagée et survoltée. Il ne touchait qu'une maigre bourse d'études, il opta pour un logement accessible. Personne dans sa famille n'avait apprécié son orientation, mais lui n'a jamais regretté. Il voulait tenir les rênes de sa vie économique. Ne pas se laisser voguer sur les flots de la précarité. Ses parents s'étaient éloignés de lui.

— Vous ne vous êtes pas réconciliés ? a demandé Mona, alors qu'ils sortaient de l'immeuble.

Peu de temps après la fin de son cursus, sa grand-mère Ida, dont il était très proche, mourut. Il n'eut pas le temps de lui dire qu'il était tombé amoureux, non plus d'Audrey qui avait disparu de sa vie, pas encore de Léa qui arriverait plus tard, mais d'Imany, une jeune femme sénégalaise plus âgée que lui, venue étudier en France. Elle avait un fils de trois ans à l'époque, pour lequel il eut un véritable coup de foudre.

Le jour de l'enterrement d'Ida, il les amena avec lui. Ses parents étaient « choqués », « contrariés » eux aussi par le décès de l'aïeule, et immensément tristes. Louise, sa mère, avait pourtant appris par un cousin cancanier que Ma'Ida avait abreuvé l'esprit de leur fils d'aphorismes casher durant toute son enfance. Mais elle aimait profondément cette femme aux cheveux rouges, qui l'avait toute sa vie autorisée à être qui elle était. Ida avait laissé un mot pour Philippe qui disait : « Nous ne voyons pas les choses telles qu'elles sont, nous les voyons telles que nous sommes. Le Talmud. » Philippe se demande si cette phrase énigmatique s'éclairera un jour. Il n'en est pas sûr. Ces mots planent autour de lui sans jamais se poser, mais ça ne lui déplaît pas. La recherche systématique de sens l'angoisse. Il aime bien que demeure un peu de brume.

Il se réconcilia ce jour-là avec sa famille. La présence d'Imany et de son fils Lamine n'y était pas pour rien. Louise et Marc furent rassurés par cet amour. Ils n'avaient pas engendré un être individualiste complètement soumis aux normes. Ils le prirent pour un hommage à leur éducation, et, mus à leur insu par la tradition juive qui consiste à privilégier la joie au drame, ils trinquèrent à la longue vie d'Imany et de son fils avec un grand « *Léhaim !* ». Sandre-Lévy repartit des obsèques à la fois dévasté et léger. Il avait récupéré l'estime de ses parents.

Quelques mois plus tard, Imany et lui se sont quittés au nom de trop de fusion et de « vie à explorer ». Il a gardé un lien fort avec Lamine.

Il rencontra Léa lors d'une conférence (« De Groucho Marx à Woody Allen, le judaïsme au cinéma »). Il l'a rejointe à Beauvais, donc, et grâce à elle, sa confiance, son allant, il a passé le pas et monté sa boîte.

La suite, Mona la connaît. Tempête économique pour MyVidéo. Des nuits d'angoisse et d'abattement. Infidélité de Léa. Philippe ne pardonna pas. Il quitta Léa. Léa ne lui pardonna pas de ne pas lui avoir pardonné. Elle quitta aussi Philippe. Ce dernier précise qu'on ne sait pas toujours qui quitte qui. La tradition consiste à déduire que c'est la personne trompée qui est quittée, mais c'est contestable. La personne qui trompe le fait parfois par dépit amoureux, évidemment. Bref, le seul point sur lequel son ex-compagne et lui s'accordent est qu'ils sont séparés. Vraiment séparés. Car il n'y a ni chien, ni enfant, ni chat pour faire le lien. (Son félin actuel est un animal de la consolation.) Philippe ne va plus au cinéma à Beauvais – ce qui revient à dire qu'il ne va plus au cinéma du tout –, et s'il aperçoit Léa au loin, il se baisse pour renouer un lacet imaginaire.

Mona s'amuse de cette posture qu'elle a pratiquée si récemment pour échapper au regard de Madeleine. Mais elle n'interrompt pas le marcheur.

Il vit dans une petite maison près de la maladrerie Saint-Lazare qui, avec son nom de gare et d'hôpital aux lépreux, lui rappelle sans cesse qu'il est de passage et qu'une bactérie pourrait bien passer le prendre en bas de chez lui un jour. Il se rend à pied dans sa boutique pour laquelle il garde une affection plus que commerciale. Pour compenser la quasi-disparition de l'activité de duplication, il a axé la survie de son entreprise sur les films de famille pour lesquels MyVidéo continue de jouir d'une bonne réputation, et sur la vente de matériel. Il a trois employés qui se relaient. Ils travaillent ardemment pour proposer une plus-value à tous ceux, de plus en plus nombreux, qui estiment qu'ils peuvent réaliser leurs vidéos eux-mêmes avec leurs smartphones et des logiciels de montage. Comme il l'a expliqué à Mona, il a décidé de ne plus prendre sa caméra, ce sont ses jeunes subordonnés qui se chargent du tournage et du montage. Lui s'attache aux rendez-vous préalables avec les clients, à la prospection, ainsi qu'à tous les aspects administratifs inhérents à la gestion d'une société.

Sandre-Lévy a dit à son équipe qu'ils étaient des rhinocéros, des êtres en voie de disparition. Dans quelque temps le mot « vidéaste » sombrerait dans l'oubli, à l'instar de « vitrier » ou « allumeur de réverbères ». Mais il a promis qu'il ne licencierait plus. Soit il trouve le moyen de tenir, soit il ferme boutique. Ils mourront ensemble sur le champ de bataille.

Il a eu un béguin l'année dernière pour Nelly, une femme juriste et buveuse de bière, mais cette dernière n'a pas répondu à ses avances, à moins qu'elle n'ait pas compris que c'étaient des avances. Cela arrive souvent à Philippe de croire qu'il s'est déclaré alors que pas du tout. Il a juste souri et dit « à bientôt ». C'est ténu.

Il ajoute enfin qu'il se rend à Rouen presque tous les week-ends – quand il n'est pas de garde pour les mariages – pour voir Louise et Marc, toujours aussi investis, à soixante-quinze ans, dans la vie associative et politique. Il aime ses parents. Il tient tant à eux que la perspective de leur mort le met en apnée. Il est sûr qu'ils mourront d'altruisme, maladie diagnostiquée tôt chez eux et désormais incurable. Ils continuent à effectuer des tournées de soupe à l'aide d'une camionnette qu'ils ont aménagée voici trois ans.

Il a traversé toutes ces années dans un nuage de fumée qui efface les visages et les détails de sa vie, prémices du néant à venir. La perspective de sa propre mort l'effraie aussi. Même s'il n'est pas en âge d'y penser plus que nécessaire, il le fait quand même. Il voit bien que le malheur rôde. Les décès. Sa rupture. Le magasin. Les fins de mois. Le temps qui passe. La solitude. En plus il n'a pas d'enfant pour montrer le ciel et s'émerveiller d'un avion qui passe.

Il tient à faire face au réel. Au contraire du jeune homme qu'il était, et même s'il a participé à la petite danse du décalage avec Mona tout à l'heure, il n'est plus sûr qu'il soit décent de s'en amuser.

Mona, qui a bu ses paroles tout le long de leur promenade, dit qu'elle ne voit pas ce que leur danse ni même leurs rires et leurs tentatives d'humour enlèvent au poids du réel. Le jour n'enlève rien à la nuit. Les aigus n'enlèvent rien aux graves. Elle regrette de ne pas avoir compris ça plus tôt. De plus, elle tient à l'informer que c'est quand il a exécuté leur menuet que son charme s'est déployé pour la première fois. En toute amitié.

Elle ne lui laisse pas le temps de répondre parce que la pizzeria turque, c'est là.

Vu d'en haut, Mona et Philippe semblent déposés dans un tableau de Hopper. Les néons blancs ou jaunes tout autour de la structure de la gargote forment un deuxième cadre. Les pizzas rondes au milieu des assiettes détonnent dans le cube blanc pseudo-moderne. Les verres sont pleins d'une eau qui pétille. Les commensaux ont préféré s'octroyer une pause sans alcool.

— Vous savez ce que c'est qu'un palimpseste ?

— Non, dit Mona. Elle ajoute : mais je vais appeler Dicotrofor, il me le dira.

Philippe ne voit pas qui est Dicotrofor.

— Le génie que votre Jonas a créé pour une émission de télé pour enfants ! Vous ne vous souvenez pas ? « Passe-moi le dico ! »

Philippe sombre une fois encore dans le maelström de ses souvenirs. Sans succès. Il revient à son sujet. Un palimpseste, c'est un parchemin dont on a gratté le premier texte pour en écrire un autre. Ce mot a toujours provoqué chez lui un début de stress. Il était sûr qu'un palimpseste ne pouvait être que hanté par le texte fantôme dont les mots, furieux de leur bannissement, devaient surgir comme des ombres hostiles pour brouiller le nouvel écrit. L'idée de ne jamais pouvoir se débarrasser de quelque chose, ça lui paraissait terrifiant. Alors qu'une bonne vieille craie sur un bon vieux tableau, ça s'efface d'un coup d'éponge à tout jamais ! Eh bien ce soir, au gré de leurs divagations, il se demande s'il ne faut pas... comment dire... « Accepter le palimpseste. »

Mona l'observe. On dirait bien que Jonas regagne peu à peu son territoire perdu dans le cerveau de son créateur ! Il se manifeste par ressauts, en passant par l'attitude, le langage, les reparties. Elle s'amuse :

— Oui, vous avez raison, Philippe. Il faut accepter le palimpseste.

La pointe d'ironie n'échappe pas à Sandre-Lévy qui l'accueille avec l'autodérision nécessaire. Mona enchaîne.

— Vous n'avez pas de nouvelles ?

— De Jonas ? sourit Philippe.

— D'Audrey.

Philippe répond qu'il n'a aucune nouvelle d'Audrey. Et quand Mona veut savoir si elle a finalement été au courant du roman écrit pour ses beaux yeux, il rétorque que non. Pas à sa connaissance. Il ne voit pas comment elle aurait pu l'apprendre.

— C'est triste, murmure Mona.

— Voilà. C'est ce que je vous disais. C'est triste. Tout est triste.

Les mots prononcés sont toujours aussi accablés, mais l'expression s'amuse bien davantage.

— Vous n'aimeriez pas le lui faire lire ?

Philippe est interdit devant cette suggestion. Si Mona a l'amabilité de juger intéressantes ses extravagances de jeune homme, il ne croit pas pertinent de partir en quête d'une jeune femme qui a probablement fait sa vie depuis longtemps, et ne sait peut-être même plus qui il est, pour lui demander de lire « ça ». (Sandre-Lévy indique sa sacoche dans laquelle repose le manuscrit.)

— « Ce truc », vous voulez dire... sourit Mona en référence aux mots employés par Philippe au bar du Lac. Et elle ajoute que si elle était Audrey, ça lui plairait de savoir que quelqu'un, un jour, a écrit « ça » pour elle.

Pour masquer l'insolite satisfaction narcissique que lui procure le compliment, Sandre-Lévy tourne la tête.

Quatre adolescents encapuchés entrent dans la pizzeria. Ils ont l'air gourmand de ceux qui reviennent du foot ou de la salle de sport. Les rouge, vert, bleu, doré, rose de leurs sweats viennent distraire le calme du lieu.

— Martin, il travaillait dans quoi ? demande Mona.

— Martin... ? Dans une boîte de communication. Il s'était orienté vers la publicité après l'école de commerce.

Philippe précise qu'il a appris sa mort par un ancien professeur de l'école croisé par hasard. Martin avait une maîtresse à Fontainebleau. Il rentrait chez lui de plus en plus tard. Et puis une nuit, trop de fatigue… il n'est pas rentré. Rachid vit au Portugal où il a ouvert avec sa femme un hôtel très prisé par l'intelligentsia. Florian travaille chez Orange. Il a, lui a-t-on dit, un poste à responsabilité. Il vit avec un homme.

— Moi, c'est Audrey qui m'intrigue. Vous l'avez beaucoup aimée, non ?

Philippe répond qu'il l'a beaucoup aimée, certes, mais il y a vingt ans. Et que c'est fini, maintenant. La partition d'Audrey a été tellement grattée sur son palimpseste qu'elle ne hante plus grand-chose.

Mona poursuit, sceptique : Si on lui donnait un vœu à exaucer, là, tout de suite… il ne souhaiterait pas la revoir ? Sans mentir ? Las, Philippe déclare :

— Les choses arriveront en leur temps. Si elles doivent arriver.

Mona mâche un morceau de pizza comme si elle mâchait les mots qu'elle s'apprête à prononcer, puis elle grommelle que c'est vraiment une phrase de trouillard, ça. « Les choses arriveront si elles doivent arriver… » Elle l'a beaucoup utilisée.

Sandre-Lévy est piqué par la répartie ; il rétorque :

— Vous l'avez utilisée pour ne pas revoir votre fille ?

Puis, comme il voit l'effet brutal produit par son sarcasme, il enchaîne en bredouillant :

— Vous voulez qu'on regarde ?

Mona ne réagit toujours pas, alors il précise :

— Vous voulez qu'on regarde si Audrey Bardeau est quelque part sur le Net ?

Cette fois, l'œil de la jeune femme se ranime. Elle scrute le visage de son acolyte pour détecter le canular, mais certain de l'assentiment de Mona, il a déjà sorti son portable et entamé sa recherche. Après un court instant il lance :

— Non… !

— … ?

— Je l'ai trouvée. Sur l'annuaire Pages blanches. Elle habite… Vous n'allez pas le croire… Elle habite toujours à Rosny !

— Quoi ?!

— Elle est toujours à Rosny. Rue du Verrier. Vous connaissez ? (Il ne lève pas les yeux de son écran.)

Mona fait signe que non. Elle dévisage cet homme qui s'agite encore avec son smartphone ; cet homme bravache qui, à son contact, bouscule sa routine pour se confronter aux vestiges d'un amour dont il affirme ne plus se préoccuper depuis longtemps.

Sandre-Lévy annonce, frétillant, que c'est à seulement vingt minutes à pied de là où ils se situent.

— On y va alors ! lance Mona.

Les mots flèches sont sortis de l'arc de sa bouche le plus naturellement qu'il soit. Sandre-Lévy connaît sa responsabilité dans cette initiative, mais l'appréhension le gagne à nouveau. Il rappelle qu'il est plus ou moins vingt-deux heures. On ne va pas chez les gens à cette heure-là. C'est tard, quand même… « Pas pour retrouver une muse, un amour de jeunesse ! », réplique Mona. Ils vont la prévenir via Instagram. Elle répondra si elle veut ! Si elle juge que c'est tard, c'est qu'elle ne vaut pas le détour. Voilà tout.

Et cette fois, c'est Mona qui saisit son portable et Philippe qui l'ausculte. Comme tout à l'heure quand elle s'est introduite dans son site, elle est appliquée et amusée. Ses doigts vibrionnent tant sur le clavier qu'on dirait que sa vie en dépend. Elle finit par lire à haute voix :

— « Bonjour, je suis une amie de Philippe Sandre-Lévy. Il se trouve qu'on est dans votre quartier. Philippe repart tout à l'heure et il aimerait beaucoup vous croiser. Avez-vous, par miracle, quelques minutes à nous consacrer ? Nous nous dirigerons vers votre rue dans l'heure qui vient, au cas où. Bien à vous, Mona et Philippe. »

Ils sont deux trublions ébahis. Philippe murmure :

— Une bouteille à la mer.

Puis, mordu par la curiosité, il demande s'il y a des photos sur le compte Instagram d'Audrey. Mona acquiesce avec un sourire tendre. Il y en a. Veut-il les voir ? Sandre-Lévy est vissé au sommet de cette question alors, sans attendre, elle lui passe son téléphone. Le reprend car elle ne l'a pas déverrouillé. Le lui passe à nouveau. Il le saisit.

Les images sont là, sans filtre : une femme d'une quarantaine d'années à la chevelure auburn, toujours longue en est le sujet principal. Ici, elle se présente dans une attitude coquette et discrète malgré un décolleté volontaire. Là, deux enfants à tête brune, cadrés pour ne pas être reconnus, se serrent contre elle. Là, elle est de dos sous fond de soleil couchant. Ici, la belle femme est avec sa maman septuagénaire (c'est signifié par la légende) ; elles portent le même chemisier à fleurs et s'esclaffent. Ici encore, le sujet se dissimule derrière de larges et fantasques lunettes noires, les mains sur les hanches et le menton haut. Additionnées, ces photos forment un tout chimérique, une réalité insaisissable.

Le regard de Philippe plane ; il erre dans le ciel de sa mémoire, à la recherche de la constellation nommée « Audrey Bardeau ».

Puis :

— Allons-y.

D'un pas bien accordé, ils marchent vers la rue du Verrier. Ils ont repéré l'itinéraire, simple, et n'ont plus besoin de plan. Les avenues sont muettes, ou presque. De temps en temps, une vague de passants hétéroclites venus du RER surgit et se disperse dans les diverses artères. Sandre-Lévy se souvient d'avoir participé mille fois à cette chorégraphie citadine, il y a vingt ans, au même rythme, dans le même crépuscule. Le calme revient vite.

D'une voix traqueuse, il confie qu'il s'inquiète de ce qu'ils feront une fois arrivés devant chez Audrey, s'il n'y a pas de réponse d'ici là. Ils ne vont pas débarquer dans son salon, la bouche en cœur. Mona répond qu'ils attendront et qu'en attendant, elle se délecte à l'idée de reprendre *Jonas Is Born*. Elle a interrompu sa lecture au moment où Jonas et Suzie-Marie font l'amour pour la première fois, c'est stimulant ! Et puis, elle le lui a dit, elle veut suivre le narrateur jusqu'à son « concept bohème réparateur », sa trouvaille essentielle pour l'humanité…

— Ne vous fiez pas trop au narrateur… conseille Sandre-Lévy en souriant.

Quand Mona lui a passé son téléphone tout à l'heure, Philippe a vu la photo de Madeleine sur l'écran d'accueil : une poupée de sept ans, à bouclettes brunes et nez prononcé, yeux noirs en pente douce, large sourire à trous de dents de lait, tournée trois quarts face mais bien consciente de l'objectif. C'est maintenant, à la faveur de leur déambulation, qu'il trouve l'élan d'aborder le sujet. « Elle est mignonne Madeleine… »

Mona se mue en chat inquiet. Ses lombaires, ses épaules, sa mâchoire, tout ce qui peut se crisper se crispe alors que Philippe, en automate inspiré, poursuit : il a repensé tout à l'heure à ce qu'elle lui a confié sur sa terreur de la retrouver. Sa crainte sur les dispositions d'une enfant de sept ans à comprendre et pardonner. Et il s'est souvenu de ce proverbe yiddish que répétait sa grand-mère : « En terre noire pousse le meilleur blé. » Mona et sa fille sont passées par une terre noire ; leur amour en sera d'autant plus puissant. Quand il était jeune, il a travaillé dans les champs, le temps d'un été. Il a appris que le semis ne durait que quinze jours. Quinze jours en octobre pour le blé d'hiver. Quinze autres jours en mars pour le blé de printemps. Ils sont justement dans les derniers jours du semis de printemps. Donc, si l'anniversaire de Madeleine a lieu le 12 avril, Mona doit ensemencer dans les jours qui viennent. Pour l'y inciter, il a imaginé un cadeau. Il propose d'offrir à Madeleine le film de son prochain anniversaire. « Elle invite ses copines chez vous, celles qui sont libres. Un de mes employés vient avec sa caméra et capte les meilleurs moments de l'après-midi ; je vous offre le montage, l'habillage, on le concevra en fonction de ses goûts, les couleurs qu'elle aime, les héros qu'elle aime. Elle pourra le passer en boucle jusqu'à la fin de ses jours. Et vous aussi. Ça me fait plaisir. »

Mona ne réagit pas ; Sandre-Lévy se tourne vers elle. Il la découvre suffocante, sous le choc de ses mots généreux. Suffocante à imaginer cette fête possible, sa Madeleine courant avec des petites copines dans l'appartement et l'interpellant « Maman, regarde ! » Elle l'avoue à Sandre-Lévy. Elle est au bord de la crise d'épilepsie, elle a pourtant bien pris son Lamictal ce matin. « Vous êtes épileptique aussi ?! » s'exclame Sandre-Lévy. Puis : « Voulez-vous qu'on s'arrête de marcher ? — Non ! Non ! Continuons… » Quand elle a la nuque raide, c'est que la crise arrive. S'il la voit s'effondrer et se disperser en convulsions, il faudra d'abord la retenir, la mettre en position latérale, lui faire du bouche-à-bouche (« Je rigole, surtout pas ! ») – et attendre que ça passe.

— Mais là, on fait quoi… ? demande Philippe, impressionné par le souffle court et les yeux exorbités de Mona.

— On marche. Distrayez-moi ! Parlez-moi d'autre chose.

« Distrayez-moi ! » Nous y voilà. Il sourit mais râle. Il savait qu'elle en viendrait à l'utiliser en singe savant de la fantaisie... Il n'est pas Jonas ! Mona ne sourit pas ; elle se tient à son bras, elle est tremblante et insiste : « Distrayez-moi ! »

Sandre-Lévy, n'est pas tout à fait décontracté à l'idée de se retrouver avec une femme se contorsionnant sur l'asphalte. Il obtempère. La divertir. La détourner d'elle-même.

Il reprend haleine puis : « Si vous mourez là tout de suite, je dis quoi aux forces de l'ordre ?... » La jeune femme continue de surventiler. « Bonsoir lieutenant. J'avais enfoui un texte dans la marche d'une mezzanine et on allait à la rencontre tout à fait hypothétique de la femme qui l'avait inspiré... — On va commencer par un Alcotest, monsieur... » Les doigts de Mona s'enfoncent dans son bras pour lui signifier de continuer. Il obéit. « Le problème si vous mourez maintenant, Mona, c'est que vous ne saurez jamais l'issue de l'histoire de Jonas. Et ça, je ne le souhaite à personne. » La jeune femme hoquette. « D'autant que je ne pourrai pas vous la révéler durant votre agonie sur le bitume, je ne m'en souviens plus... » Elle laisse échapper un petit rire. Il renchérit « L'avantage néanmoins si vous mouriez maintenant, c'est que je pourrais proposer à vos proches la promotion Éternité. Vous seriez ma première cliente... Cela dit, c'est à vos risques et périls. On ne peut pas dire qu'on ait tout à fait précisé le concept. » Les yeux plissés de Mona brillent de rire.

Elle ne surventile plus. Elle se calme. Son pas récupère sa cadence régulière.

Sandre-Lévy a un petit air tendre et fier ; étonné.

Chapitre 3 (du nouveau titre)

Et c'est maintenant, chère lectrice, que le duo prophétique prend toute sa dimension. Nous avons omis de préciser que Suzie-Marie possédait dans sa panoplie l'art admirable du bonimenteur. En effet, comme toi, elle aimait lire des romans de chevalerie et, à force, sa verve s'était mise au service du quotidien. Elle en avait d'ailleurs profité, adolescente, pour gagner de l'argent de poche en baby-sitting et endormeuse d'enfants. Après une maîtrise de droit, elle s'était octroyé une année sabbatique afin de réfléchir à la pertinence du métier d'avocat qu'elle avait dans le viseur depuis sa tendre enfance – pour alimenter sa méditation, elle était serveuse dans un bar de Nogent-sur-Marne. Alléluia.

À la suite de leur rencontre biblique, donc, et durant plusieurs jours, les tourtereaux alternèrent les ébats, les débats et les agapes. Car si Jonas se nourrissait de peu, Suzie-Marie, elle, faisait chaque jour bombance sans qu'un gramme ne s'ajoutât à son heureuse silhouette.

L'un et l'autre admirent sans marchandage leur compatibilité sensuelle.

Quant à leur projet d'action commune, Jonas, bien aidé par les hanches coquines et persuasives de Suzie-Marie, reconnut également sans tarder son bien-fondé. À deux, c'était mieux. Il fallait maintenant se mettre d'accord sur le type d'opérations et formaliser le postulat.

Le moins que l'on puisse dire est que ce fut houleux. Suzie-Marie commença par demander à Jonas de lui restituer, cette fois dans le détail, les diverses expériences tentées depuis sa première sortie : le terrain de basket, les SDF, les petits papiers blancs. Il le fit tout en réitérant qu'elles étaient le résultat d'inspirations peu rationnelles, dont il n'avait pas encore la clé. Mais très confiant dans son instinct, mûri à la lueur des grands textes ingurgités pendant ses longs mois de retraite, il était persuadé que ses initiatives avaient un sens qui émergerait de lui-même. Suzie-Marie rétorqua que « de lui-même » peut-être pas, mais « d'elle-même », sans aucun doute. Et elle entonna sa démonstration :

Elle avait observé que deux fois sur trois, Jonas était allé parler à des gens. La troisième, devant le Lidl, il les avait poussés à s'exprimer. La parole était donc la base de son intuition. Par ailleurs, dans tous les cas, il n'avait rien promis à personne, ni tenté de modifier la nature de ceux à qui il s'adressait. Il s'était simplement appliqué, d'une certaine façon, à les mettre au cœur de leur vie et de la sienne – comme un écrivain, ou un cinéaste, avec son héros – mais par le truchement de l'oralité.

Tout cela avait plongé Suzie-Marie dans une profonde méditation qu'elle livra de bon gré : le monde est un brouhaha ininterrompu, permanent. Il ne se passe pas un millième de seconde sur terre sans qu'une voix humaine vibre. Bien sûr, certains, comme Jonas, se retirent quelques mois ou quelques années, mais pendant ce temps, ailleurs, toujours, éternellement, des mots s'articulent, s'entassent, s'envolent, s'accumulent, pour de drôles de choses. « Bonjour, au revoir » bien sûr, « À table ! » ou « Au lit ! » ; téléphoner pour prendre des nouvelles, régler des formalités administratives, mais aussi donner son avis, pas seulement sur l'actualité, mais également sur l'huile dans la salade – « J'aime bien ; mets de l'huile d'olive au moins » – ou cette marque de yaourts – « Ils sont bons ? » « Et ce vélo elliptique on le prend ? » On débite des mots pour s'insurger, pour s'insulter, pour débattre, pour se dire qu'on s'aime, puis plus, puis à nouveau peut-être, qui sait. Les avocats plaident, les prêtres évangélisent et prient, les commerciaux vantent les mérites de leur produit. Dans ce tintamarre verbal, sorte de nombre pi, d'univers en expansion, il y a les mots des conteurs bien sûr, et des parents au pied du lit des enfants, qui racontent, transforment ou estropient des histoires universelles. Il y a ceux qu'on prononce quand on est seul, les jurons, les monologues vagabonds, les ronchonnements.

En revanche, les mots qui parlent des gens, les mots qui les regardent, qui les décrivent, qui les nomment… où sont-ils ? Quand les dit-on à part les jours de funérailles, lorsque celui qui devrait les entendre n'est plus là ?

C'est ainsi, poursuit Suzie-Marie, que lui est venue une idée toute simple – bien sûr, ils pourraient en débattre : puisque ni l'un ni l'autre ne se sentait destiné au défi utopique et écrasant d'essayer de changer le réel des gens, à la manière d'un politique miséricordieux, ou d'un bénévole militant, ils se serviraient de leur langue, que l'un et l'autre avaient déliée et bavarde, pour le leur re-raconter, en quelque sorte.

— Leur re-raconter leur vie ?… Comment ça ? grogna Jonas.

Il ne s'agissait pas, comme Don Quichotte, de rendre leur monde supportable en prenant le noir pour le blanc, le blanc pour le noir, les moulins pour des géants, les mules pour des religieux, des troupeaux de brebis pour une armée d'ennemis. Non. Le réel ne serait pas déformé ou magnifié par leur duo, mais forts de leur imagination et de leur goût pour la péroraison, Jonas et Suzie-Marie devraient, juste avec les mots, parvenir à ce que les auditeurs, en écoutant leur propre histoire, l'apprécient au point de l'envier !

Sans doute parce qu'il pressentait qu'elle visait juste, Jonas parut étrangement vexé par la fulgurance de sa voisine. Pour masquer son écorchure narcissique, il joua le sceptique : Re-raconter la vie des gens... ? Est-ce qu'elle n'allait pas trop vite en besogne ? Quelles gens d'abord ? Les choses étaient souvent plus complexes qu'elles en avaient l'air. D'ailleurs est-ce que ça n'existait pas déjà ? Suzie-Marie répondit que non, pas à sa connaissance. Ils allaient créer un prototype, une approche unique au monde ! Jonas s'accrocha encore à sa réfutation. Ce serait bien qu'elle creuse un peu, non, qu'elle approfondisse... ? Suzie-Marie rétorqua qu'elle attendait impatiemment ses questions, ses critiques constructives, afin de « creuser et approfondir ». Elle était tout ouïe.

Jonas s'insurgea en lui rappelant que le terreau venait de lui, quand même ! *Qui* avait pris le risque de ces expériences ?

Mais absolument ! railla Suzie-Marie. Fallait-il qu'elle dressât un autel à sa géniale inspiration ? (Ah quand même !) Qu'elle le citât à chaque fois qu'il s'agirait de mentionner la naissance de leur idée ? (« Cette mission que nous menons, Jonas et moi, n'aurait pas lieu sans la géniale inspiration de Jonas, cet homme génial, au destin génial. ») Jonas avait souri et répliqué que oui, ce serait très bien ça. Pour commencer. Et il avait ajouté, condescendant, qu'elle avait très bien su métaboliser le matériau fondateur qu'il lui avait soumis. Bravo. Il n'était pas hostile à sa trouvaille de « re-raconter », au contraire. Ça l'excitait plutôt. « Merci, Seigneur Jonas », se gaussa Suzie-Marie en ajoutant qu'elle ne regrettait pas d'avoir proposé d'agir en duo car elle entrevoyait sa vocation de messie-tyran, ses mauvais plis de célibataire, sa mégalomanie de retraité juvénile.

Piqué, Jonas ne releva pas. Il proposa d'intituler leur concept « fictionnalité du réel ». Suzie-Marie bondit. Mais enfin, on n'y comprenait rien à « fictionnalité du réel » ! (Il ne m'échappe pas, chère lectrice, que tu n'y comprends probablement rien non plus. Sois patiente, l'exemple viendra. Pour l'instant, nous sommes en terre de conception, les spermatozoïdes et les ovules ne se sont pas encore choisis, ils paniquent.) Jonas rétorqua qu'au moins, « fictionnalité du réel », ça avait de la gueule, et que les personnes à qui ils s'adresseraient seraient flattées d'une terminologie qui ne les prenait pas pour des abrutis. Suzie-Marie avait objecté que ce seraient eux qui passeraient pour des abrutis avec leur formulation boursouflée, mais bon, si Jonas y tenait... Elle rattraperait le coup par son intelligence à elle, brillante et limpide, comme l'avaient fait toutes les femmes depuis la nuit des temps devant les jactances infatuées de certains hommes. Jonas fut sensible à la presque résignation de Suzie-Marie et lui demanda, aussi nonchalant qu'un enfant frappé soudain de maturité, si elle avait une meilleure suggestion que « fictionnalité du réel »... au cas où... Il était prêt à l'écouter.

Suzie-Marie reconnut qu'elle n'en avait pas pour l'instant, mais il fallait chercher autour de re-raconter. Ça ne sonnait pas en français, mais dans une autre langue ? En breton « raconter » se dit « *kountar* »... Jonas marmonna : « Re-*kountar*... bof... » Il essaya l'allemand : « *Erzahlen* », mais il l'accompagna d'une moue éliminatoire. Il essaya l'hébreu « *lesaperre* » (לספר) puis se laissa tenter par l'anglais, tout bête, langue universelle s'il en était. *Tell a story. Re-tell a story, re-telling !* Nous allons faire du « *re-telling* » !

Suzie-Marie, en guise d'acquiescement, se jeta sur lui pour une copulation intempestive. Après l'acte, Jonas était rêveur... Tout lui plaisait dans ce qu'ils venaient de partager. Il les voyait bien, tous les deux, parcourir le monde en re-raconteurs de vie. Suzie-Marie, lascive, avait haussé un sourcil... « Le monde... tu veux dire la Seine-Saint-Denis ? » Jonas avait murmuré : « Non, la Seine-Saint-Denis a été une plateforme d'essai, nous parcourrons le monde. La planète. Tout entière ». Il mettait à sa disposition son ambition de garçon. Elle n'avait qu'à se servir.

Et il avait vu des petites fleurs pousser dans les yeux de sa voisine.

MONA ET PHILIPPE SANDRE-LÉVY

Quand ils sont arrivés devant la maison en meulière d'Audrey Bardeau, Mona et Philippe ont constaté de la lumière et de la vie à l'intérieur. Mais il n'était pas question de sonner ni de s'imposer. Audrey devait choisir de sortir de son plein gré, à la suite de leur message.

Ils attendent donc, et, comme Mona l'avait suggéré, adossés au capot d'une voiture garée sur le trottoir d'en face, ils lisent le manuscrit. Le téléphone fait office de lampe de poche. Ils ne commentent pas. Ils se laissent mener par le récit. Ils se consultent d'un simple regard pour savoir s'ils peuvent tourner la page.

Chapitre 4 (du nouveau titre)

C'est à ce moment-là que l'épopée de Jonas et Suzie-Marie a commencé. Cette épopée dont tu es, lectrice, la dépositaire pour les siècles à venir car sans toi, et tes nombreux adeptes, le monde futur risque d'ignorer cette odyssée pourtant essentielle à l'équilibre de l'humanité. Jonas et Suzie-Marie ne peuvent, à eux deux, disséminer suffisamment pour se priver de toi et des tiens. Ils ont besoin d'émissaires et de missionnaires et c'est le pourquoi de ce texte industrieux, de cet appel.

Voilà ce qui se passa : Jonas et Suzie-Marie ne mirent pas longtemps à préparer leur périple auquel ils donnèrent une date de début précise, le 1er janvier 2001 à 00 h 01, c'est-à-dire à la première seconde du XXIe siècle. Ils ne fixèrent pas de date de fin. Tout serait possible. Cela dépendrait de l'efficacité de leur concept, de leur amour, des guerres et des épidémies, des frontières qui ouvrent et ferment, de la force des vents, de leur envie d'arrêter ou de poursuivre.

Dans les quelques jours précédant leur départ, ils achetèrent avec leurs maigres économies une vieille ambulance CX break (en guise de « char de feu », dit Jonas) qu'ils personnalisèrent en bombant la carrosserie de lettres multicolores : *Re-Telling car.* Ils achetèrent des glacières pour y conserver leurs repas ; ils aménagèrent des étagères de bibliothèque sur la banquette arrière pour y stocker leurs livres, ils prirent peu de vêtements. Ils s'habilleraient, pour leur *re-telling*, toujours de la même manière : Jonas avec son haut-de-forme, une paire de lunettes de soleil bleutées qui laissait deviner ses yeux et le long manteau western qu'il avait porté le jour des papiers blancs. Suzie-Marie se vêtirait d'une robe swing avec un bandeau charleston à plume et voilette qu'elle avait elle-même confectionné. Ils s'arrêteraient dans des chambres d'hôte à bas prix dans les villes où ils feraient escale. Les logeurs seraient d'ailleurs leurs cobayes privilégiés. Rien de plus simple que de faire parler, au petit déjeuner, le responsable d'une maison d'hôte. Ce lieu de passage serait aussi idéal pour le relais de leur concept, puisque les propriétaires séduits pourraient répercuter leur expérience à leurs prochains clients et ainsi accroître la renommée de l'attelage Jonas-Suzie-Marie et de leur vocation. Le couple avait également décidé de ne jamais demander de rémunération pour le service de *re-telling*, mais ils accepteraient tous les présents ou gestes que le client aurait l'élan d'accomplir. Ainsi, ils vivraient d'amour et d'eau fraîche, des droits d'auteur de Jonas, et des conseils en droit que Suzie-Marie pourrait monnayer ici ou là.

Ils décidèrent que leur première consultation se tiendrait juste avant de quitter cette tour pour un temps indéterminé, chez le nonagénaire épuisé du dixième étage, homme extrêmement seul que Jonas avait considéré, ces deux années durant, comme une sorte de lui-même dans soixante-dix ans. Il le voyait prendre l'ascenseur et sillonner le quartier en même temps que lui. Il le croisait chez l'épicier. Il entendait sa télévision quand il descendait à pied. Suzie-Marie avait acquiescé mais fait promettre à Jonas de ne pas trop céder à la tentation de la vieille clientèle car, avait-elle précisé, les vieux voient peu de monde et ne seraient pas des plateformes fertiles pour leur programme bienfaiteur. Jonas s'était indigné : « L'honneur et le profit ne couchent pas dans le même lit ! » Il ne s'agissait pas de trier ni d'avoir un plan de carrière. Ce type de raisonnement les enterrerait dans la catégorie « start-up » dont il n'avait que faire. Il n'y aurait pas de clientèle. Juste une mission poétique qui les animait tous deux. Suzie-Marie l'embrassa. Il avait raison. Elle regrettait son calcul mesquin. Il avait un grand cœur, elle le savait. C'est d'ailleurs à ce moment précis qu'elle lui dit « *I love you* » et qu'il lui répondit « *I love you too* ». (Depuis l'arrivée du *re-telling* dans leur vie, ils avaient une fâcheuse tendance à parler anglais. Et, sont-ce les limites de cette langue ou leurs propres limites, ils furent d'une originalité nulle pour se déclarer leurs sentiments.)

À l'heure exacte de minuit et une seconde, en ce 1er janvier 2001, tandis que les pétards fusaient dans les cieux de Rosny, de Bobigny, d'Aulnay-sous-Bois, de Gagny et des environs, Suzie-Marie et Jonas fermèrent la porte de leurs appartements respectifs et, avant de quitter les lieux, ils firent, c'était entendu, une halte chez le vieux du dixième, pour leur première action commune.

MONA ET PHILIPPE SANDRE-LÉVY

L'application Instagram de Mona ne signale aucune alerte. Et le message n'a pas été lu. Les lumières sont toujours allumées chez Audrey Bardeau, mais rien ne bouge pour autant.

Mona et Sandre-Lévy poursuivent leur lecture.

Ils ne lisent pas de la même manière. Mona est absorbée, happée par un monde imaginaire. Philippe, lui, est ramené sans cesse à lui-même, à ses réminiscences d'écriture et d'inspiration.

Pourtant ils vont au même rythme. Ils respirent ensemble. Ils sont en bas de page presque au même moment.

Chapitre 5 (du nouveau titre)

Il y avait du bruit chez le doyen du dixième ; Jonas et Suzie-Marie sonnèrent donc. Leur cobaye tarda à ouvrir. Les flonflons de la télévision ralentissaient sans doute sa prise d'information, mais il finit par comprendre : on sonnait à sa porte, et on resonnait à sa porte, et les coups de sonnette s'amusaient même à produire des rythmes rassurants dans le genre Ta da da tsoin tsoin ou Padam padam padam. Il ouvrit. La malice du temps avait mis sur ses yeux des lunettes double foyer qui lui permirent de distinguer Jonas et Suzie-Marie, en haut-de-forme et voilette charleston, traînant derrière eux deux valises à roulettes. Jonas, que le nonagénaire reconnut, lui fit un salut façon marquis mal dégrossi, une sorte de révérence bien imitée, disons. Quant à Suzie, elle exécuta un demi-plié, résurgence de ses cours de danse de primaire, qui eut l'effet d'adoucir son interlocuteur. Il pencha la tête en guise d'apprivoisement. « ON VIENT VOUS SOUHAITER UNE BONNE ANNÉE ! » dit

Suzie-Marie sans économiser les décibels car le volume de la télévision était décidément très fort. Le vieux marmonna : « C'est gentil, merci. » « SI VOUS AVEZ UNE PETITE PRUNE, ON N'EST PAS CONTRE ! » cria Jonas.

L'homme se laissa pousser vers l'intérieur, comme Jonas l'avait été quelques jours plus tôt quand Suzie-Marie était entrée avec son bouquet de roses.

Sur sa table, il y avait les restes d'un repas. Du foie gras, du vin rouge, des œufs de lump, du pain de mie toasté et un bout de bûche de Noël. Le vieux dit : « J'allais me coucher… Je suis fatigué. » On pouvait détecter dans le fond de sa rétine un trait d'affolement, trace des rubriques de faits divers trop souvent consultées, mais la curiosité de cette visite hors de l'ordinaire l'emporta sur la peur. Jonas et Suzie-Marie étaient jeunes et beaux et ne semblaient pas près de le dévaliser. Il se résolut à les accueillir. Le duo s'installa à la table. Ils sortirent de leur sac une boîte d'escargots en chocolat qu'ils s'empressèrent d'ouvrir et de déguster. C'est donc la bouche pleine qu'ils balancèrent leur première question à l'homme : « Vous aimez les premiers de l'an ? »

Si la question ne produisit pas d'effet immédiat, elle parvint, aidée de deux affirmations adjointes dégainées par Suzie-Marie (« Beaucoup de gens n'aiment pas ça » et « À la fois, ça peut s'avérer un moment joyeux »), à délier la langue du vénérable. Non, les premiers de l'an, il ne les aimait pas du tout. Et il allait leur dire pourquoi : il avait travaillé toute sa vie en tant que conducteur de bus. Les 31 décembre, il les passait au volant à conduire des fêtards avinés d'une banlieue à l'autre ; des gosses miséreux qui rotaient leur bière et chantaient mal. La ligne 234, elle vous emmène de Pantin à Livry-Gargan en passant par Bagnolet, le cimetière de Bondy. Autant dire qu'on ne voit ni la tour Eiffel ni le Sacré-Cœur. Quant aux orchestres, aux belles voitures décolletées, aux robes échancrées, elles fleurissent à l'ouest. Ici, il n'y a pas assez de soleil. Sur sa ligne 234, à part les mioches en goguette, on ne se coltinait que des femmes ou des hommes épuisés qui revenaient du travail. De l'hôpital. De la cuisine d'un restaurant. D'un commissariat. Les pieds enflés et le cœur lourd. Alors quand il terminait son service vers trois heures du matin, il imitait tous ces moutons une fois rentrés chez eux, le 1er, il dormait pour récupérer. Il dormait comme son chat, là, qui n'a pas bougé son cul pour les accueillir tellement il est subclaquant. Il se levait à midi pour engloutir un repas gourmet que lui avait préparé sa femme mais qu'il était trop fatigué pour apprécier, et il se recouchait en bon prolo qu'il était. Depuis sa retraite et la mort de son épouse, il se mitonnait des petits repas comme ça, peinard, et ça lui allait bien. Et il buvait. Soiffard. Pour passer à autre chose.

Jonas et Suzie-Marie se consultèrent et, dans un unisson qui semblait répété tant il était exemplaire (d'ailleurs il l'était), ils murmurèrent : « C'est magnifique. ». Le vieux fit répéter :

— Pardon ?

— C'est magnifique.

— Quoi ?

— Ce que vous venez de nous dire... C'est magnifique.

Le vieux ne trouvait pas ça magnifique du tout. C'était triste à mourir, au contraire. Pendant que les feux d'artifice fanfaronnaient sur les Champs, il conduisait un bus du 9.3 au 9.4. On ne pouvait pas dire que c'était magnifique.

Mais Jonas affirma que si, justement. Magnifique. Il ne s'agissait pas de bonheur ou de malheur – il ne se permettrait pas d'arbitrer – ni de bien ou de mal, il s'agissait de magnificence. De grandeur. Il le voyait ce chauffeur d'autobus sérieux, consciencieux, attentif quand les autres ne l'étaient plus. Il le voyait avec son uniforme au volant de ces engins que tous les enfants rêvaient de conduire un jour et ne conduiraient jamais. Il avait dû en croiser des vies. Il avait dû en croiser des sourires et des fatigues. Il était sûr qu'il avait eu, peut-être même sans le savoir, un regard sécurisant vers la jeune fille en minijupe, un sourire salvateur vers l'immigré au bout du rouleau, un geste indispensable à l'équilibre de la vieille dame. Le chauffeur l'ignorait, mais il était le maillon essentiel de mille rendez-vous d'amour, de travail, de famille. Il avait transporté des âmes en ignorant la majesté de sa mission, pareil à ces héros qui volent au secours d'un noyé sans mesurer l'exploit. Il le voyait cet homme qu'il était, les 31 ou premiers de l'an, plus droit que d'habitude sur son siège conducteur, plus aux aguets aussi. Lui, Jonas, s'il écrivait des livres, il aimerait écrire sur un chauffeur d'autobus, comme lui, une nuit de premier de l'an. S'il filmait aussi, d'ailleurs. Il aimerait raconter cette nuit de passage dans le parcours de cet homme et de son bus. Il y aurait une histoire d'amour fugace bien sûr, avec une voyageuse (« J'en ai vécu une », glissa l'ancêtre, sidéré). Il y aurait des drames (« J'en ai vu plein », ponctua l'homme). Des rires. Des sons. Surtout, une errance. Une contemplation. On raconterait la banlieue telle qu'elle est. Variée, lumineuse, paisible puis jaillissante, tapageuse ou silencieuse, avec ses lauriers bien taillés et ses graffitis impuissants. Le chauffeur, ce héros, aurait sans doute envie, cette nuit-là, de désobéir à son destin et de changer de route, de bifurquer pour s'enfuir avec son bus, passer des frontières (« Ça oui… ») mais à la force d'un courage certain, il ne l'aurait pas fait. Pour ne pas déroger à sa mission. Pour ne pas céder aux chimères. Son bus épouserait la monotonie de son parcours. Le crachin installé dans l'âme du jeune conducteur toucherait le lecteur ou le spectateur au plexus. Mais il mesurerait avec lui la noblesse de cet homme, et l'exploit simple accompli lors de cette énième nuit de réveillon.

Le vieux était pantois – et Suzie-Marie aussi, avouons-le, elle n'avait pas encore tout à fait pris la mesure des envolées de son Jonas qui s'emballa encore : tout se passerait en une nuit et il y aurait un épilogue. Un épilogue qui aurait lieu de longues années plus tard. Le héros (« Vous, monsieur ») serait dans son appartement de la cité Kennedy, et il se souviendrait. Il penserait à eux, aux harassés qui ne font pas la fête. Ses frères, ses sœurs de labeur. Au bitume sous les roues des nouveaux engins qu'il n'a jamais conduits. À cette odeur de goudron chaud qu'il a aimée mais qui ne lui manque pas. Et dans son salon pimpant et soigné, le vétéran, équipé peut-être d'un Sonotone dernier cri (« Ça tient de ce côté-là », dit l'homme), lèverait son verre à leur santé.

C'est ce que fit l'homme. « Et sa mort ? » osa-t-il. « Ah, sa mort ! s'exclama Jonas. Nous ne sommes pas des devins, cher monsieur, et nous n'inventons rien. Je peux simplement vous dire que si par hasard, il y avait peu de monde à son enterrement, quatre, cinq personnes tout au plus, elles seront si pleines d'amour, de tendresse, de regrets, d'ambivalences, qu'elles représenteront l'humanité tout entière. »

Le premier *re-telling* se poursuivit ainsi quelques longues minutes encore. Tout ce que confiait le vieux était raconté autrement. Suzie-Marie s'était lancée à son tour, pour ajouter ce contre-chant essentiel à leur projet. Elle révéla un style plus direct, moins fleuri que son binôme. Elle s'attarda davantage sur les détails et les descriptions. (« Un peu trop », lui reprocha Jonas.) Elle percevait mieux les réactions de leur interlocuteur et retenait la langue de son acolyte, ou la nuançait, quand elle sentait qu'il s'écoutait parler. Elle prenait un relais discret et ludique dont leur premier cobaye sembla se régaler.

Il était plus d'une heure du matin quand il les raccompagna à la porte qu'il poussa derrière eux. Il éteignit les lumières mais n'alla pas se coucher. Il regarda la ville. Une déferlante de points lumineux, jaunes, rouges, bleus, dansants, épileptiques. Il était vrai que sa banlieue, comme le reste du monde, entrait dans un siècle nouveau. Et en cette heure inaugurale, il ne s'était jamais senti si beau, si nécessaire, si papillon, dans ce monde de brutes.

Jonas et Suzie-Marie quittèrent Rosny-sous-Bois et l'immeuble de la cité Kennedy le cœur lourd. Ils décidèrent d'en faire un dernier tour à pied avant de prendre la route.

Puis ils s'engouffrèrent dans leur CX et fendirent l'air d'Île-de-France en hurlant « Nous voilà ! ».

MONA ET PHILIPPE SANDRE-LÉVY

Quand ils terminent ce chapitre, les deux lecteurs se considèrent. Mona adore. Si elle avait croisé Jonas et Suzie-Marie après son licenciement, elle n'aurait pas glissé vers la dépression ! C'était donc le *re-telling*, le remède annoncé à tous ses soucis. Sandre-Lévy se souvenait-il d'avoir écrit tout cela ?

Philippe concède que non. Il se souvenait d'un héros ubuesque qui finissait par s'enfuir avec sa voisine. Il avait gardé en lui l'image du binôme en chapeau haut-de-forme, lunettes bleues et voilette charleston. Mais il ne se souvenait pas du *re-telling*, pas du tout. Il s'interrompt, en quête de l'origine du concept attribué à Jonas et Suzie-Marie. Sans trouver, il ajoute qu'il n'a en revanche pas oublié l'esprit de la deuxième moitié du roman qui est une suite de rencontres et de… « Chut, ne me dites rien ! lance Mona, autoritaire. On en parlera après. »

Alors qu'ils s'apprêtent à reprendre, les deux se figent dans un même souffle : ils viennent de voir la porte de la maison en meulière s'ouvrir pour laisser apparaître une femme.

Elle est habillée d'une jolie robe de printemps et d'un châle dont les reflets bleus défient la nuit. Sa silhouette fine, sa grâce, son pas déterminé paraissent si familiers à Mona qu'elle frémit. Elle ne ressemble pas aux photos aperçues sur le profil Instagram plus tôt, non, elle ressemble à la représentation mentale qu'elle s'était faite… de Suzie-Marie, son double de fiction dans le roman qu'elle est en train de lire ! Même le « *fuck* » qu'elle laisse échapper tandis qu'elle trébuche sur une racine de frêne sonne comme le timbre de comédie qu'elle avait imaginé dans le gosier de la voisine de Jonas. Il ne fait pas de doute que cette femme est celle qui a inspiré le jeune étudiant de la tour de Rosny, la destinataire de *Jonas and Suzie-Marie Are Born*, la lectrice : Audrey Bardeau.

Éblouis par l'apparition, Sandre-Lévy et Mona se redressent. Est-ce qu'elle les a vus ? Sort-elle de chez elle pour eux ou bien pour rentrer un vélo ou un tuyau d'arrosage ? En guise de réponse, la jeune femme traverse le jardinet qui la sépare de la rue, ouvre la grille et les rejoint sur leur trottoir.

Le halo jaune des lampadaires illumine son sourire amusé. Elle murmure d'une voix claire :

— Je viens de lire votre message et, en jetant un œil par la fenêtre, je vous ai vus !

Sandre-Lévy est un puits dans lequel plonge le regard d'Audrey. Il le sent. Après quelques longues secondes il murmure :

— Tu me reconnais ?

— Mais oui, évidemment, Philippe. Évidemment !

À quarante ans, sans doute grâce au timbre clair de sa voix, elle pourrait prétendre en avoir cinq de moins.

— Je ne vous propose pas d'entrer. Mon mari bosse non-stop en ce moment. Il a investi le salon et il n'est pas très accueillant… Mais on peut se mettre dans le jardin.

Sandre-Lévy et Mona acquiescent.

Ils sont silencieux et sidérés. Philippe parce qu'il revoit Audrey après presque vingt ans et que cela vient s'ajouter au tumulte de sa journée, et Mona parce qu'elle a beau se dire qu'elle et Suzie-Marie ne sont pas la même personne, la sensation confuse d'être en proie à un personnage de fiction ne la quitte pas. C'est si fou et si troublant ! Une pointe de jalousie la griffe même, mais elle n'a pas le temps de la laisser stationner, Audrey les conduit vers la table de jardin.

AUDREY

La demi-pénombre de la terrasse confère une atmosphère de songe à la scène. Elle incite à chuchoter, à éviter les hauts cris forcés de certaines retrouvailles. De temps en temps, des exclamations amusées jaillissent, quand Philippe et Mona font le récit de leur rencontre par exemple. De l'intérieur proviennent quelques signes rassurants d'une vie quotidienne et nocturne : des reflets d'un écran d'ordinateur, une lampe qu'on allume, un lointain claquement de porte.

La jeune femme a proposé un vin italien – décidément – qu'elle a servi sans retenue. Ses deux hôtes, pourtant encore sous l'effet d'une légère ivresse, ont accepté, sûrs qu'un soupçon d'alcool les aiderait à négocier cet étrange moment.

Audrey s'étonne de tout avec une spontanéité piquante. Elle ne savait rien de ce manuscrit. Elle ne savait rien de la marche d'escalier. Elle ne savait pas non plus que Philippe avait emprunté des livres à la bibliothèque derrière elle. Elle ignorait ce qu'il était devenu. Elle avait soupçonné son béguin pour elle, mais pas au point de s'embarquer dans un

« roman ». Pourtant, elle se souvient de leur rapprochement, pendant quelques mois, de leur complicité... Elle ne les a jamais analysés.

Aujourd'hui, Audrey est biologiste. Elle fait de la recherche savante aux côtés du professeur Lespinasse. Ils travaillent sur le gène P53. C'est un gène enthousiasmant qu'on appelle aussi « gardien du génome » car il a un rôle de détecteur des cellules dysfonctionnelles, qui provoquent les cancers par exemple. Il les dépiste, et il les met en sénescence le temps qu'elles se réparent. Au garage en quelque sorte.

Audrey ne gagne pas des sommes énormes mais ça la passionne. Elle est mariée depuis huit ans avec un homme de neuf ans de plus qu'elle, professeur de mathématiques, qui a déjà un grand fils. Elle a eu deux enfants avec lui, de cinq et sept ans, qui dorment profondément à cette heure, car ils ont classe demain.

Mona a le cœur froissé à cette information. La simplicité avec laquelle Audrey évoque ses enfants qui dorment la veille d'un jour d'école ravive sa douleur de mère. Elle envisage Sandre-Lévy qui ne tremble pas, lui, à l'annonce de la vie de couple de son premier amour. Cela s'entend d'ailleurs à sa voix posée quand il raconte sa propre vie de célibataire vidéaste et les années grisâtres qu'il vient de traverser. Audrey écoute à son tour. La pénombre atténue la nuance des réactions, et s'il y a de la déception ou l'expression d'un quelconque verdict sur son visage, elles se diluent heureusement dans la poussière de nuit.

Audrey se désole de n'avoir plus de nouvelles des garçons de la bande qu'ils formaient à l'époque. Elle est restée assez longtemps en lien avec Martin, mais elle ignorait sa mort que Philippe lui apprend, et qui la saisit. Elle laisse glisser une longue mèche devant ses yeux et murmure avec un léger sourire :

— « Voilà une soirée qui commence mal… »

Philippe sourit aussi et les deux se regardent en siamois, unis par les images invisibles de Martin, son art de faire le poirier, son rictus jocrisse quand il chambrait ses camarades, son énergie.

Mona, qui ne peut se joindre à leur chagrin et ne désire pas, de surcroît, encourager leur complicité mélancolique, change de sujet :

— Vous lisez toujours autant ?

Audrey concède qu'elle lit moins qu'avant. Elle est bien trop fatiguée le soir. Elle lit à son rythme des ouvrages qu'elle pioche dans la boîte à livres de la ville. Mais elle continue, oui. Elle n'arrête jamais vraiment. Elle en a besoin. Elle promet d'ailleurs que si Philippe lui donne à lire son manuscrit, elle ne s'en privera pas.

— Certaines ne demandent pas d'autorisation, sourit Philippe.

Audrey croit comprendre l'allusion à Mona et vient à son secours. C'est une qualité d'être curieux.

Si elle l'avait été à l'époque, cela aurait pu changer le cours des choses...

Et ils discutent encore ainsi, d'amitié, de regrets. Ils mettent à jour leurs souvenirs : Florian dont on ne soupçonnait pas l'homosexualité, Rachid – et son exil lisboète – à qui il faudrait rendre visite un jour, « maintenant qu'on est réunis ». Quelques projets sans promesses s'évanouissent dans l'air frais du jardin rosnéen.

S'ensuit un long silence.

Lors de retrouvailles, certains silences sont des carrefours. On peut prendre l'embranchement vers la futilité ou celui, plus vertigineux, vers l'intime.

Est-ce à cause de cet ébranlement de cafetière électrique surgi de l'intérieur de la maison, ou de ce rayon de lune pâle qui tombe sur la fenêtre, c'est vers l'intime que décide d'aller Audrey.

Audrey ne va pas bien. Elle est embarrassée par cette confession, car elle ne vit pas non plus un drame absolu. Mais elle est épuisée. Sa vie de mère lui prend un temps fou, son travail est captivant mais le plus souvent stérile et peu rémunérateur. Tout cela s'équilibrait quand Giovanni, son mari, était disponible. Mais depuis presque deux ans, il traverse une tempête judiciaire qui le ronge. Son fils de vingt ans, Paolo, qu'il a eu d'une précédente union donc, a des accès de violence qu'il évacue avec une bande de jeunes en « faisant la fête ». C'est-à-dire boire, fumer et se shooter à la cocaïne. Un jour, un type dans un bar a refusé de les servir parce qu'ils étaient déjà ivres. Les gamins ont obtempéré mais Paolo, furieux, est passé chez lui, a pris une batte de base-ball qu'il cachait dans sa chambre puis il est reparti défoncer la vitrine du bar. Le patron est sorti pour défendre son échoppe et s'est pris un coup de massue, disons, malencontreux. Depuis, le type a des vertiges, ne peut plus travailler, et si l'on en croit le dossier du juge d'instruction, il souffrirait de séquelles qui font peur à lire.

Paolo risque la prison ferme. Il regrette. Il a juré à son père qu'il ne l'a pas frappé intentionnellement. Le patron se serait jeté sous sa batte pour l'empêcher de casser la porte vitrée. Par ailleurs, vu la nature du coup, il est impossible selon lui que cet homme ait autant de séquelles. Il reconnaît sa violence sur le matériel mais ne supporte pas l'idée d'avoir blessé, peut-être à vie, un être humain. Giovanni est persuadé, comme son fils, que la victime en rajoute pour toucher davantage d'argent. C'est devenu une bataille d'experts. Giovanni fait tout ce qu'il peut, depuis plus d'un an, pour tenter de défendre son rejeton. Il est certain que l'avocat de la partie adverse, renommé, va charger son Paolo plus qu'il ne mérite. Quant à leur avocat, il n'est pas à la hauteur de l'enjeu. Il s'agit pour lui d'un dossier sur lequel il gagnera peu. Et ils n'ont pas un niveau de vie suffisant pour l'appâter davantage.

Donc, depuis plus d'un an, Giovanni ne dort plus. Il est irascible et ne s'occupe plus vraiment des enfants, sauf pour les sermonner. Il passe son temps dans les livres de droit et se prend pour un spécialiste. Italien, il se débat en outre avec la langue française. Il est devenu pontifiant. Répétitif. Il se réveille, se couche en colère. Il ne dialogue plus qu'avec ses démons. Ils ne font plus l'amour. Ils ne partagent plus rien. Il puise dans le peu d'économies qu'ils ont pour aller consulter des experts bidon, et parfois même, des voyants ou des gourous. Bref, Audrey n'en peut plus. D'autant qu'elle est persuadée que Giovanni ne parviendra pas à éviter la case prison à Paolo. Elle ne le lui dit pas pour ne pas le décourager, mais elle n'y croit pas. Le jeune homme a trop de circonstances aggravantes à son dossier. Il est déjà fiché pour des vols ou des bagarres. Même s'il fournit des efforts notables actuellement, il ne s'en sortira pas de sitôt, et Giovanni perdra. Il en souffrira beaucoup. Elle porte le foyer toute seule. Elle ne voit pas de lumière au bout du tunnel.

La confidence d'Audrey n'a pas été interrompue, ou presque. Mona a osé l'humour quand elle a appris que le barman était sorti se prendre un coup de batte, mais la liste des conséquences a calmé sa verve. Les deux auditeurs sont donc restés concentrés pendant la suite du récit, le cœur serré.

— Non… je ne vois pas la lumière au bout du tunnel, répète Audrey.

Mona, par réflexe, est tentée de se confier en retour sur sa période difficile, comme on le fait parfois, sûrs que l'écho sera plus efficace que le conseil. Mais elle se retient. Sans doute pressent-elle la vanité de la stratégie. Il ne lui échappe pas qu'Audrey est secouée par la lessiveuse du quotidien. Les problèmes économiques s'ajoutent aux problèmes affectifs, au temps qui passe, à l'absence de perspective. Sa propre expérience, si elle la raconte honnêtement, n'est pas vraiment consolatrice.

Le silence-carrefour se présente à nouveau. À l'intérieur de la maison, les lumières s'éteignent et se rallument, selon qu'on va dans une pièce ou dans une autre. Un petit grésillement de radio parvient jusqu'au jardin. Ces quelques mouvements n'ont plus la même résonance que tout à l'heure. Ils ont un nom : « Giovanni ». Il y a peu, ils exhalaient la vie de couple bienheureuse, ils créent désormais un sentiment de gêne.

Mona prend une large inspiration et, en rafale, finit par articuler :

— C'est magnifique.

— Pardon ?

— Ce que vous venez de raconter, c'est magnifique ! N'est-ce pas, Philippe ?

Alors qu'Audrey n'est toujours pas sûre d'avoir bien compris, cherchant dans les yeux de Mona une explication, cette dernière fixe Sandre-Lévy avec espièglerie. L'expression éberluée de son nouvel ami prouvent qu'il est en train de comprendre ce que sa lectrice du jour lui demande avec effronterie : sauter en parachute.

Quelques secondes sans oxygène s'écoulent durant lesquelles Philippe boit une gorgée de vin, se gratte le mollet, jette un œil aux ombres balancées des branches d'arbre. Son agitation intérieure est si palpable que Mona commence à s'en vouloir de sa hardiesse.

Mais, dans un soupir qui semble un « à vos marques », Sandre-Lévy se rétablit, et avec le panache d'un Jonas avant une sortie, il relève le défi. Il s'adresse à Audrey pour confirmer :

— C'est vrai, c'est magnifique ce qu'accomplit cet homme, ce père, pour son fils.

— Qui ça ? Giovanni ? s'étonne Audrey.

Philippe acquiesce et, intrépide, presque insolent, il poursuit : certes, il est obsessionnel, mais tous les grands héros le sont. Il faut tout tenter pour gagner une bataille. Surtout dans l'arène du système judiciaire. Giovanni travaille, avec ses moyens *middle-class*, à faire triompher la vérité dans le dossier qui oppose son enfant à un patron de bar. Peut-être a-t-il tort et peut-être s'aveugle-t-il dans le but flagrant de sauver son fils de la geôle ? Le patron du bar est peut-être véritablement diminué, Paolo a peut-être volontairement frappé sans se soucier de la personne humaine derrière. Mais Giovanni pourrait aussi détecter la faille, l'erreur, le mensonge, que personne n'aura vu. L'élément infime qui innocentera son fils, ou le dédouanera, et permettra à la justice de se rapprocher d'elle-même ! Sandre-Lévy ajoute que l'héroïsme de Giovanni ne réside d'ailleurs pas dans ce qu'il trouvera ou pas. Non, son héroïsme réside dans sa tentative même. Dans son engagement, tête baissée, pour son rejeton et la vérité. Il ne regrettera rien. Il va au bout de son combat, exténué, à ses risques et périls, car il est possible que rien de bon ne sorte de tout ça. Il le sait sans doute. Il peut tout perdre dans la bataille. « Dont toi, chère Audrey, toi, sa femme et mère de ses deux enfants… »

Audrey, hallucinée, semble hésiter entre s'amuser et s'insurger.

Sandre-Lévy s'emballe. Oui, elle, sa femme qui patiente, volontaire, solide malgré ses fragilités, ses doutes. Sa femme, Audrey Bardeau, qui tient la maison et qui continue, de son côté, d'aller au laboratoire travailler auprès du grand Lespinasse sur le gène P33. (« P53 », rectifie Audrey.) C'est cela ! Gène essentiel qui lutte contre les cellules défaillantes, les cancéreuses, les malintentionnées, il les met au garage jusqu'à réparation. Et qui sait, du reste, si on arrivait à le dupliquer ce gène, qui sait s'il ne nous offrirait pas l'immortalité ? Si on en avait quatre, par exemple... ?! (« Certains y pensent », ponctue Audrey.) Car oui, Audrey aussi cherche des choses. Qu'importe les secousses de son quotidien, elle œuvre à sa mission, elle cherche. Laborieuse laborantine. Inspirée laborantine. Passionnée laborantine ! On n'en doute pas, si elle trouve, c'est ce con de Lespinasse qui en tirera gloire...

Audrey rit et intervient : « Lespinasse n'est pas con du tout. Et si on aboutit à quelque chose, je suis sûre qu'il m'associera à la découverte ! » Sandre-Lévy a un sourire dans les yeux quand il rectifie. Que Lespinasse se révèle un homme partageur et digne, débarrassé des affres de l'ego, ce n'est pas ça l'important. Ce qui compte, qu'Audrey trouve ou non quelque chose, c'est que chacun lui est redevable d'avoir cherché. Oui, chacun d'entre nous, ce passant-là, dont on entend les pas d'ivrogne au loin, ce motard qui, s'il ne va pas dès demain chez un bon garagiste, devra à coup sûr changer tout l'embiellage de son moteur, chacun est redevable de la mission qu'accomplit Audrey. Car elle ne travaille pas pour son fils, elle, mais pour la santé des humains.

Mona et Audrey rient devant le lyrisme de Sandre-Lévy. Encouragé par l'assistance, il continue : « Si j'étais cinéaste, j'écrirais un scénario sur cette histoire. Giovanni et Audrey, ce couple fou, qui traversent une épreuve qui les sépare quand elle pourrait les rapprocher. Ils n'en ont pas conscience, pourtant, ils font la même chose : ils cherchent. Je créerais un suspense saisissant sur leur possible réussite. Vont-ils trouver ? – quand on cherche, c'est pas mal de trouver… Lui, trouvera-t-il la brèche et parviendra-t-il à éviter la prison à son fils ? Elle, va-t-elle, bien que préoccupée par la fragilité de son couple, trouver quelque chose sur cette P53 affolante ? Quelque chose qui la dépassera ? Leur couple va-t-il résister… ? Le fils de Giovanni va-t-il mesurer l'amour de son père et soigner définitivement sa violence ? Et même si l'auteur que je suis en venait à choisir une issue tragique, ce que nous n'espérons pas, dans le but de raconter que toute vie ne peut pas être prodigieuse, et qu'elle se résume parfois à une série de déboires agaçants et minables, nous aurions fait connaissance avec des héros du quotidien. Audrey, Giovanni, et ce jeune voyou de Paolo en personnage secondaire ! »

Audrey n'a plus cessé de sourire à l'envolée de Sandre-Lévy ; quand il se tait enfin, elle murmure :

— Tu n'as pas changé, toi… Tu me donnes presque envie de connaître la fin !

— Moi aussi ! lance Mona.

— Ah ah, sourit Sandre-Lévy. Et il ajoute, non sans un regard vers la jeune femme tatouée : je ne dirais pas que je n'ai pas changé… Mais c'est vrai que ça revient bien.

MONA ET PHILIPPE SANDRE-LÉVY

Le *re-telling* a tant détendu Audrey qu'elle a osé demander à Giovanni de venir boire un verre avec eux, ce qu'à sa grande surprise il a accepté. Ils ont éclusé le vin italien et se sont promis de se revoir. Pour présenter Mona à son mari, et lui résumer la situation, Audrey a eu cette phrase : « Philippe a écrit un jour un roman pour séduire une jeune femme – moi, en l'occurrence – et c'est une autre qu'il séduit vingt ans plus tard. »

Mona a confirmé qu'elle était sous le charme du texte, oui. Elle a répété « séduite par le texte » et précisé encore « le texte et les personnages ! ».

Bien plus détendu et libre qu'en début de soirée, Philippe a traduit pour l'assistance : « C'est une façon de vous dire que le texte lui plaît, mais pas son auteur ! » Les rires ont dédramatisé le constat. La lune veillait.

Mona et Sandre-Lévy rentrent à pas lents vers la cité.

Mona ressent le besoin de revenir sur cet échange : il est vrai que Philippe lui a, dans un premier temps, paru très austère et pas du tout son genre d'homme, mais ce n'est plus la question ce soir. Elle veut le rassurer. Il a vraiment *quelque chose.* Il est à part. Il s'est perdu en route mais elle aime beaucoup sa façon de se retrouver. Connaît-il cette phrase que son psychiatre lui a citée quelquefois (elle ne se souvient pas de l'auteur) : « J'ai tout perdu. Mais j'ai gagné la perte. » Elle y a souvent pensé durant sa convalescence. Philippe a « gagné la perte » aujourd'hui et sa recherche de ce qui reste de lui, de sa juvénilité, lui donne beaucoup de charme. C'est dommage pour elle parce qu'elle s'est aperçue que tant qu'elle n'aura pas serré Madeleine dans ses bras, elle ne sera disponible à rien sentimentalement. Elle ne peut pas.

Philippe, d'abord silencieux, répond soudain que ça tombe bien parce qu'il n'aime pas les femmes en jogging. Mona pivote sa tête vers lui, choquée. Il précise qu'il plaisante. Il plaisante ! Il n'a rien contre rien. Ni les joggings, ni les tatouages, ni les cheveux courts châtains. Il n'a jamais localisé le charme dans l'apparence physique. Il remercie Mona pour sa précision sur ses intentions sentimentales, mais il se demande si elle n'est pas prématurée. Depuis combien de temps se connaissent-ils ? Mona compte. Puis, avec un fond de culpabilité : « Neuf heures. » Voilà. Sandre-Lévy souligne qu'il est rare qu'un homme et une femme abordent ces sujets-là neuf heures après les présentations. Il va mettre cela sur le compte de l'alcool et de cette journée atypique.

Vexée, Mona ne sourit pas.

Sandre-Lévy ajoute que, par ailleurs, la relecture partielle de *Jonas Is Born* lui a rappelé l'acide rongeur que sécrète le sentiment amoureux. « Je ne suis pas sûr d'avoir envie de revenir sur ces terres volcaniques. » Même s'il ne peut nier que quelque chose s'anime en lui, qu'il ne sait pas bien nommer. Peut-être de l'amitié ? Ou une réconciliation avec lui-même, comme elle l'évoque ? Une bifurcation ? Il a bu et il serait périlleux de trancher. Il la tiendra au courant. En attendant, peut-il abuser et dormir un peu sur son canapé avant de repartir ? Il n'est vraiment pas en état de conduire.

Alors qu'il devine l'embarras que produit sa requête – la perspective de dormir chez Mona réintroduit l'ambiguïté qu'ils avaient courageusement tenté de désamorcer –, son portable retentit. L'heure tardive l'incite à vérifier. C'est un mail qui vient d'arriver sur le site de MyVidéo. Tout en marchant, il ouvre le message.

Le boulevard Lech-Walesa se déplie encore un peu, puis Sandre-Lévy murmure :

— Je le crois pas…

La tournure juvénile choque dans sa bouche de dandy mélancolique, pourtant il récidive :

— Je le crois pas !

Mona demande de quoi il s'agit. Sandre-Lévy arrête sa marche et lit : « Bonjour, je viens de voir votre promotion Éternité. Cela m'intéresse pour les funérailles de mon beau-père, décédé par malheur jeudi dernier. Je souhaiterais offrir ce film-souvenir à mon épouse. Est-il possible de me proposer un devis ? La cérémonie a lieu mardi. Merci pour votre réponse, bien à vous, M. Lauriac. »

Un sourire mutin s'inscrit sur les deux visages parallèles.

D'un côté du canapé, Mona est plongée dans le manuscrit, et de l'autre, Philippe, la tête posée sur le bras usé du meuble, dort.

La lectrice lutte contre le sommeil mais elle avance. Rien ne sera assez fort pour l'empêcher, cette fois, d'aller au bout.

Mona dort à son tour, si lourdement que son corps pourtant fluet perfore le canapé. Sa tête inclinée semble regarder le ciel. Ses mains recouvrent le manuscrit posé sur ses genoux, ouvert à la dernière page.

Elle l'a lu entièrement.

Elle a englouti les chapitres les uns après les autres. Ceux, un peu répétitifs, où Jonas et Suzie-Marie parcourent le monde et mettent en pratique leur étrange concept de *re-telling*, elle les a lus en diagonale. Mais quand même, tous ces portraits, ces histoires, ces paysages aussi, lui ont beaucoup plu.

Elle a souri quand, à Reykjavik, ils ont re-raconté son histoire à un Islandais bouleversé qui a fini par leur avouer qu'il était lui-même conteur, mais n'avait jamais vu sa propre vie comme ça.

Elle a souri encore quand ils ont re-raconté un épisode de sa propre histoire à une vieille de Bamako qui avait besoin d'un traducteur car elle ne parlait que le bambara. Son visage espiègle répétait sans cesse trois mots que l'interprète ne leur traduisait pas. *U ye bobow ye. U ye bobow ye.* Et pour cause, il se résolut à leur révéler que ça signifiait, en gros : « Qu'ils sont cons ces deux-là ! »

Elle a ri quand Sandre-Lévy a décrit ses deux prophètes en train d'apprendre laborieusement l'hébreu, l'arabe, l'espagnol et le mandarin. Le chapitre dans lequel Jonas, épuisé, confond les mots et leurs traductions donne un *re-telling* hilarant.

On les voit sur des dromadaires. On les voit se battre pour éviter un autodafé (car si leurs journées sont pleines de mots articulés, rien ne peut remplacer le livre à leurs yeux).

Le visage de Mona s'est illuminé quand elle a lu le récit de leur triomphe. À force de pérégrinations, les médias s'intéressent à Jonas et Suzie-Marie qui deviennent des vedettes, des stars, réclamées aux quatre coins de la planète. Cité Kennedy, on leur a dressé une statue en acier. Jonas est représenté avec son haut-de-forme, ses lunettes bleutées, son long manteau droit, et Suzie-Marie avec sa robe swing et son bandeau charleston à voilette, tous deux appuyés sur l'avant d'une CX.

Pour ne pas remplacer leur voiture, devenue iconique, ils en ont changé le moteur. Elle vrombit désormais autant qu'une Lamborghini et le ronflement célèbre les précède où qu'ils aillent.

Mona a pouffé quand elle a lu l'épisode où ils ont accepté la proposition d'un oligarque russe : pour un salaire mirobolant, le multimilliardaire avait acheté leur présence permanente à ses côtés. Il voulait greffer Jonas et Suzie-Marie à sa vie comme il avait greffé l'oreillette de son portable à son tympan.

Il exigeait un *re-telling* continuel. Ça le sortait de son ennui de nabab. Les deux rustauds cédèrent à la tentation d'un acompte pantagruélique en argent liquide. Mais dès la fin de la première journée (*re-telling* d'une réunion sans intérêt ; d'un embouteillage ; d'un déjeuner amoureux qu'ils avaient suivi de loin), sans se consulter, d'un regard entendu, ils profitèrent d'une pause toilettes de leur employeur et foncèrent dans la CX, l'acompte en poche.

Le jeune Sandre-Lévy raconte aussi leur déchéance, la fin de la mode Jonas et Suzie-Marie, avec un humour du désespoir qui n'échappe pas à sa lectrice. Malgré l'anonymat revenu, les deux prophètes poursuivent leur mission. Ils en ont affiné les règles (Sandre-Lévy se fend en fin de manuscrit d'une table de la loi du *re-telling*) et les préceptes associés. On peut y lire par exemple : *Le re-telling n'est pas un exercice d'imagination mais de narration. Les faits ne doivent pas être transformés. Le réel est regardé droit dans les yeux. En revanche, les narrateurs peuvent se permettre de laisser entrevoir des perspectives à leur interlocuteur, s'ils sentent que celui-ci saura les évaluer et se les approprier.*

En aucun cas il ne devra s'apparenter à la résignation. Il n'est pas la fin de l'histoire.

Ou encore : *Le re-telling n'a pas de morale. Il n'a pas de dogme. Il n'exclut personne.*

Le re-telling ne craint pas les drames. Il les raconte également.

Les narrateurs peuvent pleurer avec le « raconté ». Mais ils ne doivent jamais pleurer plus que le « raconté ».

Il est préférable que le re-telling se fasse avec un léger voile sur les yeux. Souvenons-nous que Jonas et Suzie-Marie, les fondateurs, portaient des lunettes bleutées pour lui, et une voilette pour elle. Ainsi, pas de transparence illusoire.

Le récepteur d'un re-telling n'a pas d'âge. Un enfant de sept ans peut en être le destinataire.

De la même façon qu'un verset de la Bible peut être traduit de diverses manières, un sujet peut se faire re-raconter son histoire plusieurs fois, car le re-telling n'est pas une vérité unique et absolue et repose aussi, on l'aura compris, sur la fantaisie des conteurs.

Il se fera toujours à deux. L'altérité évitera la tyrannie.

Le *re-telling* est une approche orale de la vie. Les narrateurs accepteront de laisser leur version se perdre dans les limbes de l'éphémère. Il ne sera ni écrit, ni enregistré, ni filmé.

L'auteur précise qu'aucun autre récit biographique de Jonas et Suzie-Marie ne devra être pris au sérieux. Beaucoup de ragots sur leurs aventures circulent déjà, ils sont une insulte à la sincérité des faits. Il est le seul détenteur de leur déroulement exact et, malgré son goût pour l'hyperbole qui n'aura pas échappé à la lectrice et aux futurs lecteurs, il se tient loin de l'idolâtrie, puisque Jonas et Suzie-Marie le souhaitent.

Il est cinq heures du matin quand Philippe Sandre-Lévy s'éveille. Sans attendre, il considère

Mona endormie. *Jonas Is Born* est ouvert sur ses genoux à la dernière page. Philippe se redresse. Il regarde autour de lui. Quelques timides lueurs tentent une infraction.

Sans bruit, l'homme se lève et fait quelques pas dans la pièce. Après un instant d'hésitation, il s'empare de son pardessus, qu'il enfile. Une fois vêtu, il se dirige vers le bureau de Mona et sur un papier de fortune il écrit simplement : « Amitiés. Philippe. »

Il saisit sa sacoche, s'approche de la dormeuse et récupère son manuscrit, ouvert sur le tout dernier chapitre.

ULTIME CHAPITRE de JONAS AND SUZIE-MARIE ARE BORN, ALLÉLUIA
(Je l'écris à la main car je n'ai plus d'imprimante)

Chère lectrice, cher lecteur, qui que tu sois, c'est l'auteur de ce texte qui te parle : Philippe Sandre-Lévy. Celle à qui il était destiné ne le lira jamais car elle en préfère un autre. Il n'y a pas d'histoire d'amour derrière ces lignes. Il n'y a qu'un fiasco sentimental pathétique. Qu'importe ! Il reste l'esprit de Jonas et Suzie-Marie qui, eux, poursuivent leur étrange mission dans votre petite tête inconnue du futur. Ils sont heureux, vieux et barbus (pas Suzie-Marie, je vous rassure). Ils courent toujours tels des petits lions autour du globe et rugiront grâce à vous encore longtemps. Ne croyez pas ceux qui vous disent qu'ils ont péri. C'est faux. Ils sont impérissables.

Moi (nous, car mes potes se joignent à moi à leur façon pour cette conclusion)... nous allons reprendre le chemin de notre école de commerce, ce qui n'est déjà pas si mal. Le fait est qu'on a bien ri ce soir. Martin est bourré. Rachid roupille avec mes lunettes bleues en travers du visage. Florian joue de la guitare. (Je crois reconnaître la mélodie de *I'm Your Man* de Leonard Cohen, mais c'est vraiment parce que j'ai un bon fond.)

Au premier rayon du jour, nous accomplirons notre projet : enfermer ce texte dans la troisième marche du lit mezzanine.

Adieu, lectrice-lecteur.

On vous embrasse.

MONA

Mona s'est réveillée doucement.

Elle a ouvert grand les fenêtres de son appartement. Elle a trouvé le mot de Philippe et a relu plusieurs fois « Amitiés » « Amitiés » « Amitiés ». Elle l'a même prononcé à haute voix tant il lui est paru doux et juste, avec l'évidence d'un refrain.

Malgré le courant d'air, le café laisse un parfum léger pas tout à fait ordinaire. On dirait qu'il se mêle à une autre senteur, plus inhabituelle. Est-ce celle de Philippe Sandre-Lévy ? Celle de Jonas et de Suzie-Marie ? Un lieu garde les empreintes de ceux qui l'ont habité, mais conserve-t-il aussi celles d'êtres imaginaires ? Quoi qu'il en soit, Mona ne reconnaît pas cette fragrance, douce et ardente. Alors elle se dit que ce n'est peut-être pas une réminiscence mais la trace annonciatrice de toutes celles qui viendront bientôt : l'odeur de lait de Madeleine, de la peinture et du bois quand elle réparera la contremarche. Un parfum sémaphore, en quelque sorte.

En avance sur son temps.

PHILIPPE SANDRE-LÉVY

« Chère Mona,

Je suis Philippe Sandre-Lévy, l'homme que vous avez torturé à coups de souvenirs pas plus tard qu'hier en l'obligeant à relire ses écrits spécieux et à revoir sa dulcinée d'antan. Sachez que je vous en veux beaucoup de ce fracas émotionnel, dont je suis sûr que vous êtes fière. Quand j'ai senti ce matin, à jeun – au gré de mes pensées vagabondes – que vous m'aviez atteint durablement, j'ai eu envie de vous trucider. J'ai même réfléchi à la façon dont j'allais m'y prendre, et j'avoue que l'option étouffement dans votre sommeil a eu ma préférence. Vous me direz, à l'occasion, quelle méthode serait à votre goût. Puis j'ai pris deux Bion3 et de la vitamine D et ma rancœur s'est apaisée.

Chère Mona, je vais tenir ma promesse : reprenez contact avec Madeleine ces jours-ci, et je viendrai pour filmer son anniversaire. Oui, j'ai changé d'avis. Je n'enverrai pas quelqu'un. Je viendrai moi-même avec ma caméra. J'ai très envie de m'emparer de ces films de famille pour une forme… de *re-telling*. Audrey m'a d'ailleurs confirmé par SMS qu'elle me jugeait très doué pour l'exercice.

Donnez-moi dès que vous l'aurez la date et l'heure de la fête d'anniversaire.

Je serai là.

Je t'embrasse,

Philippe Sandre-Lévy »

MONA

« Bonjour Philippe,

Contrairement à ce que j'espérais, l'anniversaire de Madeleine ne se tiendra pas à la maison cette année. Les retrouvailles ont eu lieu dans notre petit restaurant turc mais ne sont évidemment pas simples. Elle m'a dit à plusieurs reprises qu'elle me détestait, qu'elle ne viendrait pas à ma maison qui n'était "pas belle" et moi non plus, d'ailleurs, je n'étais pas belle. Elle a quand même laissé échapper une petite moue curieuse quand elle a vu la photo de la mezzanine et quand je lui ai annoncé qu'elle aurait pour mission de peindre le plafond ; elle a aussi reconnu que mes nouveaux tatouages avaient de jolies couleurs et qu'elle aimerait bien écrire les mêmes au feutre sur son bras ; mais le chemin est encore long.

Je sais par avance ce que vous allez me dire, je le fais donc à votre place : "C'est magnifique." Je vous laisserai me raconter pourquoi la prochaine fois que nous nous verrons. Je sais que vous trouverez, et que je vous croirai.

Je t'embrasse,

Mona

P-S : J'ai fait graver un nouveau tatouage sur mon bras gauche : *Mona is born, alléluia.* »

Remerciements

Betty Mialet, évidemment.
Bernard Barrault.
Toute l'équipe Mialet-Barrault.
Mes premiers lecteurs, si précieux.
Cervantès, le Talmud, et Don Quichotte.

NORD COMPO
multimédia

Composition et mise en pages
Nord Compo à Villeneuve-d'Ascq

Imprimé en France par CPI
en novembre 2023

Dépôt légal : janvier 2024
N° d'édition : 546964-0
N° d'impression : 177373